AF569667

Wilhelm Nünnerich

Die besten Piraten der Welt auf großer Fahrt

Wilhelm Nünnerich

Mit Illustrationen von
Thomas Dähne

cbj

Dieses Buch ist auch als E-Book erhältlich

Verlagsgruppe Random House FSC® N001967

1. Auflage 2018

Umschlag und Innenillustrationen: Thomas Dähne
Serienlogo: semper smile, München
Lektorat: Hjördis Fremgen
hf · Herstellung: AJ
Satz: dtp im Haus
Reproduktion: ReproLine Mediateam, München
Druck: DZS Grafik
ISBN 978-3-570-17540-8
Printed in Slovenia

www.cbj-verlag.de

Inhalt

Ein Problem löst sich, in dem man es löst.
(R. R. Flitschauge)

Quälgeister an Bord

Für jenen Tag stehen im Logbuch der *Sturmhölle* nur drei Worte, kaum lesbar und mit zitteriger Hand geschrieben: Die Schwarze Hose. Sonst nichts. Die Eintragungen für die nächsten Tage fehlen ganz. Dabei war es eigentlich der Tag gewesen, an dem wir endlich heimatliches Seegebiet ansteuern und Kurs auf unsere Insel und den Killerzahnfelsen nehmen wollten. „Wir“, das sind: Gräte, der zweite Pirat und Koch der *Sturmhölle*; Bumskopp, mein gelernter dritter Pirat, und ich – Piratenkapitän Flitschauge.

Wir hatten in den vergangenen Wochen allerlei erlebt. Halsbrecherische Kaperungen bei meterhohen Wellen, hundsgemeine Freibeuter, die wie der Teufel hinter unseren Schätzen her waren, und dann diese windlosen Tage, an denen man, oft auch noch bei brütender Hitze, auf einer Stelle dümpelt. Flauten, die einem die Nerven rauben, weil sie selbst Sekunden endlos lang erscheinen lassen.

Bei allem hatten wir allerdings auch jede Menge Spaß gehabt und unglaubliche Abenteuer erlebt. Abenteuer, die uns eng zusammengeschweißt und uns nebenbei den Ruf eingebracht hatten, die besten Piraten der Welt zu sein. Was sicher auch damit zu tun hatte, dass uns das Kaperglück, seitdem wir als *Die Unsinkbaren Drei* über die

Weltmeere segelten, stets treu geblieben war. Das hieß: Unsere Schatzkisten waren bis an den Rand gefüllt, und wir hatten eine Stimmung an Bord, wie sie besser kaum sein konnte …

Nur eine Sache trübte meine Laune zunehmend. Wir hatten eine ausgewachsene Mückenplage auf dem Schiff! Mücken auf hoher See?, werdet ihr fragen. Das gibt es doch gar nicht …

Eigentlich nicht, aber Bumskopp und Gräte arbeiteten ja schon länger an einem total geheimen Kaperplan. Sie wollten die Flugfähigkeit von Mücken so steigern, dass sie zu kleinen, raketenartigen Geschossen wurden, mit denen man einen Dampfer angreifen konnte. Da Gräte glaubte, dass Mücken mit einer Art Pupsantrieb flögen, hieß es für ihn, man musste nur das richtige Futter finden, und schon konnte der Dampfer kommen.

Zwiebel-, Knoblauch-, Erbsen- und Bohnensuppe hatten die Mücken bisher abgelehnt. Aber ein Gräte gibt nicht so schnell auf. Er versuchte es unermüdlich weiter.

Natürlich ist so ein Plan total verrückt, aber ich hatte die beiden einfach machen lassen, weil Experimentieren ja nie schadet. Man kann eine Menge lernen, und in der Zeit, in der meine zwei Superpiraten etwas ausprobierten, konnten sie keinen anderen Unsinn anstellen, dachte ich.

Doch dann stand auf einmal das halbe Deck mit Wasserfässern voll, in denen Mücken sich fröhlich vermehrten, schlüpften und ... uns stachen. Und das fand ich dann nicht mehr so gut. Als ich zufällig auch noch entdeckte, mit was Gräte und Bumskopp die Mücken als Nächstes füttern wollten, heulten bei mir schlagartig die Alarmsirenen.

Leider zu spät, denn während ich noch überlegte, was zu tun sei, knallte es auch schon. Und als ich Sekunden später die Kombüsentür aufriss, saß mein zweiter Pirat rußgeschwärzt und ratlos da und maulte: „Schwarzpulver fressen die Mistviecher auch nicht."

„Würd ich auch nicht tun", meinte Bumskopp.

„Du? Du Rundwurst was *nicht* essen? Da explodiert doch eher ein Warzenschwein."

„Rundwurst? Du Klappergestell nennst mich Rundwurst!"

Bumskopp war direkt auf 180. Aber bevor sich das zur Rauferei hochschaukelte, ging ich dazwischen: „Ganz langsam, ihr Mückenforscher. Eure Bemühungen sind ja nicht hoch genug zu loben, aber: Mücken saugen Blut und süße Säfte! Doch niemals Schwarzpulver!"

„Aber wenn sie Pulver fressen würden, könnten sie noch viel schneller fliegen", sagte Gräte. „Weil, wenn das Schwarzpulver in denen zündet und die dann raketenschnell auf den Dampfer träfen ... Hah! Voll das Sieb, der Dampfer."

„Nicht der Dampfer wäre hin, sondern die Mücken. Und zwar total", widersprach ich ihm. „Mücken sind doch viel zu weich für die harte Dampferaußenwand."

„Mückenmatsch", murmelte Bumskopp.

„Ja, den gäbe es dann", nickte ich. „Was auch sein Gutes hätte, weil sie dann ja nicht mehr ... Au!"

Genau in dem Moment stachen mich fast gleichzeitig eine Mücke in mein linkes Ohr, eine zweite in mein rechtes. Eine weitere stach mir in den Nacken, eine ins Bein – durch meine Hose durch! Jetzt reichte es!

„Raus aus der Kombüse!“, brüllte ich. „Und wenn morgen auch nur eine einzige Mücke noch hier an Bord zu sehen ist, dann ... Au!“

Hatte mir so ein Biest doch glatt in meinen Po gestochen. Und das schon wieder durch die Hose! Ich war stinksauer und hätte die Mückenfässer am liebsten geradewegs über Bord gekippt. Aber dann erklärte mir der tierliebe Bumskopp, dass Mücken auch Lebewesen seien und ja nichts dafür könnten, dass sie Blut saugen müssten und so weiter und so fort ... Ich wollte das alles gar nicht hören, denn die Stiche juckten, und ich hatte die Nase voll bis obenhin. Also sagte ich, dass er sich kümmern solle. Weiter kam ich nicht ...

Die Schwarze Hose

Wo immer sie hergekommen war, auf einmal war sie da: Die Schwarze Hose, dieser gefürchtete Monstersturm, der jedem Seemann das Blut vor Angst gefrieren lässt.

Wir kannten diesen Sturm nur aus Erzählungen, wussten aber gleich, dass er es war. Mit seinen in sich drehenden Hosenbeinen, die vom Himmel bis zur Wasseroberfläche reichten, stand er vor uns. Die kohlrabenschwarze Wolkenhose hatte den Tag von einem auf den nächsten Augenblick verfinstert.

Bevor ich etwas sagen konnte, hing Gräte in der Takelage, um die Segel einzuholen. Bumskopp band fest, was zu vertäuen war, während ich versuchte, die *Sturmhölle* in den Wind zu drehen.

Doch als hätte die Schwarze Hose nur darauf gewartet, geriet die Wolkenwand, genau als wir uns rührten, ebenfalls in Bewegung. Die Trichter drehten sich, wirbelten immer schneller. Die Wolke wand sich, nahm Fahrt auf, schien dabei ständig zu wachsen und raste schließlich, Gischt und Riesenwellen vor sich treibend, mit dumpfem Grollen auf uns zu.

Nur wenig später war sie mit Blitz und Donner über uns. Hob unser Schiff mit furchterregendem Gebrüll hoch, ließ uns eine Weile einfach schweben, um uns dann aber mit ohrenbetäubendem Geheul in die wild schäumenden Wogen zurückzuwerfen.

Der Aufprall war so heftig, dass Gräte wie eine reife Pflaume aus der Takelage neben mir aufs Deck fiel, gegen den Kompass knallte, von da in Richtung Rettungsboot rutschte und darunter verschwand. Bumskopp hangelte sich derweil an der Reling Stück für Stück nach vorne Richtung Bug. Das war das Letzte, was ich von ihm sah, denn dann erwischte mich ein Brecher und ich landete mitsamt Tür zwischen Pfannen, Töpfen, Tellern und Besteck in der Kombüse. Von da an kam ich mir vor wie in der Geisterbahn.

Alles, Kochgeschirr und Vorräte, verließ auf einmal seinen angestammten Platz, flog durch die Gegend, knallte irgendwo dagegen, zerbrach oder fiel polternd runter und verschwand in irgendwelchen Ecken.

Dann wurde ich überspült. Aber nicht von einer Welle, sondern von Regen! Es schüttete, es kübelte, es stürzte eine solche Flut auf uns herab, dass ich dachte, ich wäre in einen Wasserfall geraten. Auf jeden Fall schien die Wolke ihren Inhalt auf einen Schlag auf uns zu kippen und jagte unser Schiff gleichzeitig die Wellenberge rauf und runter. Das Meer schäumte, toste, kochte, war wie entfesselt und unser Schiff drehte sich wie ein Kreisel auf einer wild gewordenen Oberfläche.

Wie lange das so ging? Keine Ahnung. Ich weiß nur, dass irgendwann etwas ganz hässlich knirschte und es kurz drauf still wurde auf der *Sturmhölle*. Das Heulen war zwar immer noch hoch oben in der Luft, aber der Sturm schien nicht mehr an uns ranzukommen. Was war geschehen?

Als Erstes bemerkte ich, dass Wasser knietief in der Kombüse stand. Dann einen leicht sauren Geruch und etwas Klebriges auf Mund und Nase. Das war, wie ich herausfand, ein aufgeplatztes Säckchen Mehl vermischt mit Brombeermarmelade und dem Inhalt einer umgekippten Flasche Essig. Der gleiche Schmier hing mir im Nacken, während Hose, Hemd und Jacke mit einer fein durchmischten Pampe aus Fischbrei, Senf und Ketchup bunt bekleistert waren. Um mich herum lagen zersplitterte Regale und zerbrochenes Geschirr. Und inmitten dieser Drunterdrüberkleistertrümmerhalde saß ich …

Dann erinnere ich mich an Schritte. Das war Bumskopp, der

erschöpft, aber zufrieden grinsend angeschlurft kam und mir berichtete, wie er, von einem der höchsten Wellenberge aus, einen schmalen Einschnitt in der Steilküste entdeckt hatte. Und genau in diesen Einschnitt hatte er die *Sturmhölle* nur mit dem Focksegel hineinmanövriert. Leider hatte die Schwarze Hose die *Sturmhölle* mit einem letzten schweren Brecher noch erwischt, sie seitlich gegen die Felswand gedrückt und sie steuerbord auf ganzer Länge aufgeschlitzt. Aber dann waren wir in Sicherheit. In einer zwar kleinen, aber von allen Seiten gut geschützten Bucht. Einem echten Schlupfloch. So weit Bumskopp.

Doch wo war Gräte? Nach kurzem Suchen fanden wir ihn schlafend unter dem umgestürzten Rettungsboot mit einer dicken, blauen Beule auf der Stirn. Sonst war er, wie es schien, völlig in Ordnung. Also legten wir ihm ein Tuch zur Kühlung auf die Beule und hauten uns ebenfalls total kaputt aufs Ohr. Und schliefen, schliefen, schliefen …

Die Erbeutung der Schatzkarte

Am nächsten Morgen. Ich rang gerade mit einem glibberigen Riesenkraken, hatte sechs seiner acht Saugnapfarme schon sorgfältig miteinander verknotet, langte eben nach dem siebten, als ich von Ferne ein gedämpftes „Jipiehh!“ hörte, dann schnelle, herannahende Schritte, dann wieder „Jipiehh!“ Etwas schüttelte mich. Ich dachte nur: der achte Fangarm, fuhr hoch und starrte in die freudig aufgerissenen Augen Grätes, der mich mit „Wir sind stinkreich!“ begrüßte.

Ich brauchte ein bisschen, um zu begreifen, dass ich vom Kraken und seinen Fangarmen nur geträumt hatte und dass der siebte Fangarm ein Tau in meinen Händen war.

„Wieso denn reich?“, fragte Bumskopp.

Ich sah mich um und versuchte, mich zu erinnern. Ich lag am Boden, Bumskopp gleich neben mir. Die Spitze des abgeknickten Hauptmasts steckte etwa drei Fuß tief im Kompass. Das Großsegel wehte in Fetzen an den geborstenen Rahen. Ganz langsam dämmerte mir, was passiert war: Der Sturm. Die Schwarze Hose ...

„Wieso, wieso?“ Gräte drehte sich aufgeregt zu mir. „Kapitän Flitschauge! Der Bumskopp begreift mal wieder null und gar nichts!“

„Ich auch noch nicht“, versicherte ich ihm und rappelte mich ächzend hoch. „Aber vielleicht erklärst du uns ja mal ganz langsam, wieso wir auf einmal reich sind.“

„Stinkreich!“, verbesserte mich Gräte. „Weil nämlich ...“ Seine rechte Faust schoss kerzengerade nach vorn. „Da!“

„Aha.“

„Genau. Vollzack.“

Man musste kein Hellseher sein, um zu erraten, dass in seiner Hand etwas unglaublich Wichtiges verborgen war.

„Sehr schön. Und was ist das?“, fragte ich weiter.

„Haar-ge-nau das“, flüsterte er verschwörerisch und hielt mir die Hand, jetzt mit dem Handrücken nach unten, vor die Nase. Dann öffnete er langsam und ganz vorsichtig, so wie man echte Goldschatzkisten aufmacht, seine Hand. Nach und nach wurde ein krumpeliges, leicht angeschwitztes Bällchen gelblichen Papiers sichtbar.

„Hm“, machte Bumskopp.

„Ja“, bestätigte Gräte stolz.

Ich zögerte ein wenig, denn die Farbe des Papiers erinnerte mich irgendwie an jene Zettel, die Gräte für Rezepte, Notizen oder auch zum Putzen nutzte. Trotzdem tat ich ihm den Gefallen, nahm ihm das Knübbelchen behutsam, seiner Wichtigkeit entsprechend, aus der Hand und strich es auf meinem Oberschenkel glatt.

Als Erstes sah ich einen dicken roten Klecks ganz oben auf der Seite. Ein bisschen Kratzen bestätigte: Tomatensuppe. Dann las ich: *Stähpchen*. Das sollte wohl Fischstäbchen heißen. Da drunter: ... *Siehlje* wie Petersilie. Und: Waalnüsssshe ... Ich musste mit meiner Mannschaft dringend Rechtschreibung üben.

„Aber doch nicht die, das ist die verkehrte Seite“, unterbrach Gräte meine Gedanken. „Der Schatz steht hinten. Wenn man die Karte rumdreht – hinten drauf.“

„Der Schatz von welcher Karte?“, fragte Bumskopp.

„Von welcher Karte?“ Grätes Laune begann sich schlagartig zu verschlechtern. „Hier gibt’s nur eine Karte!“

„Der Wisch da?“

„Wisch?!“ Gräte ging augenblicklich hoch. „Ein Wort noch und du kriegst vom Schatz null gar nichts ab! Sogar voll überhaupt nichts!“

Ich wendete den Zettel und las in Grätes krakeliger Schrift ganz oben in der Mitte: *Schazzkate*. Darunter stand *Nohrden* und rechts davon gab es ein X – naja, ein Kreuz. Dort sollte wohl der Schatz verborgen sein. Etwas tiefer noch zwei eierige Kreise – sonst nichts.

Ich machte: „Hm.“ Und ehrlich: Ich war ratlos. Echte Schatz-

karten sehen für gewöhnlich anders aus. Auch Bumskopp sah mich zweifelnd an. Aber dann erklärte Gräte, dass er in der Bucht an Land gegangen sei, während Bumskopp und ich geschlafen hatten. Und dass er schon bald in einen dichten Wald geraten war, wo er nach einiger Zeit, auf einer Lichtung ein paar äußerst grobe Kerle entdeckt hatte. Die saßen an einem Lagerfeuer, hatten Messer und Pistolen bei sich, tranken ohne Pause puren Rum und grölten von Diamanten groß wie Berge. Dabei hatten sie immer wieder eine Karte geschwenkt, auf welcher dieser sagenhafte Diamantenschatz anscheinend eingezeichnet war, und sich dabei begeistert auf die Schenkel geschlagen. Und genau diese Karte hatte Gräte dann geklaut, als die Kerle völlig betrunken eingeschlafen waren. So weit so gut.

Auf dem Weg zurück zum Schiff hatte Gräte allerdings eine Baumwurzel übersehen, war gestürzt, und die Karte war, wie ein Vögelchen, über einen Felsvorsprung davongesegelt und auf Nimmerwiedersehn im Meer verschwunden. Das war dann nicht so gut.

Da Gräte die Schatzkarte aber gesehen hatte, hatte er sie aus dem Gedächtnis nachgezeichnet. Genauer: grätemäßig nachverfummelt. Denn was ich da in Händen hielt, das konnte überall im Norden sein. Sogar ganz oben! Und da liegt am Ende ja der Nordpol!

Was für ein Schatz das war? Da hatte ich eine Vermutung, sagte aber nichts, denn Gräte und Bumskopp schienen den hohen Norden gar nicht zu kennen. Also entschied ich, den Schatz zu holen. Zum einen, damit meine beiden das Nordmeer kennenlernten. Zum anderen bedeutet eine Schatzsuche immer auch Abenteuer. Und Abenteuer waren schon immer das „Salz“ im Leben von Piraten.

Die Reise zum Diamantenberg

Am gleichen Tag noch begannen wir mit den Aufräum- und Reparaturarbeiten. Das Schiff sah furchtbar aus. Der Hauptmast hin, das Großsegel – wie schon gesagt, nur pimpelige Fetzchen. Den Anker hatte die Schwarze Hose, wie zum Hohn, ins Schiffsklo reingewirbelt. Meine Kajüte war auch nur noch Bruch, und die Aufbauten ... Daran mag ich gar nicht mehr denken.

Eine Sache hatte die Schwarze Hose aber bei allem Durcheinander ganz hervorragend erledigt: Die Mücken waren mitsamt der Fässer restlos weggeblasen worden. Und das war immerhin was Gutes. Zusammen mit der Tatsache, dass Gräte und Bumskopp reparieren können wie keine zweite Mannschaft sonst, sah die Zukunft schon wieder richtig gut aus.

Apropos reparieren: Ich weiß nicht, ob ich es euch schon erzählt habe, aber Gräte und Bumskopp können so blitzschnell reparieren, dass es einem schon fast unheimlich werden kann. Manchmal scheint es mir, als ob zum Beispiel der Kompass schneller repariert, als er kaputt gegangen ist. Ich weiß, das hört sich komisch an, aber so ist das eben mit Gräte und Bumskopp.

Doch weiter. Das Schiff, der Mast, die Segel waren tatsächlich ruckzuck repariert, wir ausgeruht und fit. Und alles war in Ordnung. So stachen wir wenig später voller Tatendrang in See.

Ich weiß noch ganz genau. Es war ein strahlend schöner Tag mit Glückswölkchen am Himmel, zart wie Flusen. Das Meer plätscherte ruhig mit kaum gekrauster Oberfläche, als wir aus unserer geschützten Bucht aufs offene Meer raussegelten. Von der Schwarzen Hose war kein Fitzelchen mehr zu sehen. Trotzdem beeilten wir uns, so schnell wie möglich aus dieser Gegend wegzukommen. So ganz genau weiß man ja nie.

Dann segelten wir, tiefblau der Himmel, die Luft nach Abenteuern duftend, vorbei an rauen Küsten mit schroffen Felsen und entsprechend wilder Brandung, dann wieder entlang an solchen mit still verträumten Buchten, Palmen und leuchtend weißen Stränden. Wunderbar. Dazu wehte ein günstiger Südwestwind, sodass die *Sturmhölle* ihren Weg fast von allein zu finden schien.

Natürlich trafen wir auch hin und wieder Dampfer – normalerweise leichte Beute, aber jetzt hatten wir ein viel aufregenderes Ziel.

Selbst Bumskopp, der ja durch und durch Pirat ist, schienen die Dampfer nicht zu reizen. Er spinxte zwar hin und wieder hinter ihnen her, aber sonst war er die Ruhe selbst.

Ganz anders Gräte. Der hatte seine Ferngläser stets griffbereit. Eins umgehängt, eins am Bug und dazu noch eins am Hauptmast festgetackert, hatte er den nördlichen Horizont stets fest im Auge und prüfte ständig, ob der Schatz nicht schon zu sehen war. Nebenbei nähte er Säcke für den Riesenschatz. Und zwar aus allem, was er fand. Handtücher, Lappen, alte Hosen, Unterhemden, selbst löcherige Socken wurden Sack. Klar, dass es in Grätes Kajüte bald aussah wie in einer Sackfabrik.

Die erste Zeit ließ ich meine beiden gewähren, aber bevor auch die Segel noch zu Schatzsäcken wurden, wollte ich ihre Aufmerksamkeit auf eine Sache lenken, die unbedingt verbessert werden musste.

Unsinkbarer Rätselspaß

„So“, begrüßte ich sie ein paar Tage später und legte ihnen ein dünnes Heftchen auf den Tisch. „Guckt mal, was ich euch mitgebracht habe.“

„‘n Kreuzworträtselheft?“, fragte Bumskopp.

„Genau, damit ihr …“

„Kenne ich alles“, drängte Gräte sich nach vorne und schnappte sich das Heftchen, „habe ich ja alles schon gemacht.“

„Sehr schön“, nickte ich, „dann kannst du Bumskopp ja alles haargenau erklaren.“

„Vollzack“, meinte Gräte.

„Nicht nötig“, sagte Bumskopp.

„Um so besser. Dann legt mal los. Das Rätseln macht euch sicher Spaß, denn dabei könnt ihr neben

dem Wissen auch gleich noch eure Rechtschreibung verbessern. Also: Gut rätseln! Ahoi!“

Damit ging ich. Allerdings nicht sehr weit, denn bei den beiden weiß man ja nie, wann sie sich wieder in die Haare kriegen. Ich ließ die Tür deswegen nur leicht angelehnt und blieb dicht dahinter stehen.

„Her mit dem Stift“, legte Gräte auch schon los, „und du bist erst mal ruhig. Denn hier geht es um richtiges Wissen!“

„Jaja“, murmelte Bumskopp.

„Nichts jaja, pass lieber auf! Eins waagerecht: Sitz-ge-le-genheit.“

„Und?“

„Mit sechs Buchstaben.“

„Hm“, machte Bumskopp. „Was ist denn eins senkrecht?“

„Eins senkrecht? Wurf-waf-fe.“

„Tomaten, faule Eier“, schlug Bumskopp vor.

„Alles zu lang. Das Wort darf nur fünf Buchstaben haben.“

„Pau-ke hätte fünf.“

„Papperlapapp, Pauke. Da haut man drauf! Die wirft man doch nicht. Außerdem habe ich es auch schon längst. Pa-ket nämlich! Pakete werden immer nur geworfen.“

Und schon hörte ich, wie Gräte das Wort **PAKET** ins Kreuzworträtsel eintrug.

„Eh“, machte Bumskopp.

„Haargenau. Das auch“, bestätigte ihm Gräte.

„Was?“, wollte Bumskopp wissen.

„Sieben waagerecht. Nichtweiterweißwort mit zwei Buchstaben: Eh **E H!** Passt mit dem **E** vom **PAKET** total."

„Hm", machte Bumskopp wieder, „und die Sitzgelegenheit eins waagerecht hätte dann ein **P** am Anfang?"

„Was denn sonst! Und auch schon längst gelöst. Denn meine Tante Pumpa hat gesagt: Zappel nicht rum, setz dich auf deine ..."

„Vier Buchstaben?", ergänzte Bumskopp fragend.

„Vollzack. Auf den Popo. Und das schreiben wir auch hier hin.

„Aber das Wort sollte doch keine vier, sondern sechs Buchstaben haben", wandte Bumskopp ein.

Ich war gespannt, wie Gräte das erklären würde.

„Merk dir mal eins!", hörte ich. „Ein Wort hat immer voll damit zu tun, so wie es heißt."

„Eh ...?"

„Ja klar, da eh-st du und weißt nicht weiter. Aber merk dir: Weil jeder Popo anders ist, schreiben Popos sich vollzack auch nicht gleich. Dein Popo schreibt sich, weil der sooo unheimlich dick ist, ja schon mindestens mit acht **O**s."

„Und deiner, weil der so pipidünn ist, nur Pppp ... ganz ohne **O**s?

Sofort ging Gräte hoch: „Mein Popo ohne **O**s? Ich soll keine **O**s im Popo haben? Das ist ja wohl ..."

„Ja, was denn wohl?", knurrte Bumskopp.

Damit war klar, dass es gleich Krach geben würde. Ich drückte die Tür also wieder auf und tat, als ob ich zufällig vorbeigekommen wäre.

„Na, alles in Ordnung?"

„Vollzack. Nur weiß der Bumskopp wieder gar nichts."

„Höh?“

„Jaja. Der sagt, ich hätte keine **O**s in meinem Popo.“

„Aha?“

„Und mein Popo soll mit acht **O**s geschrieben werden“, maulte Bumskopp.

„Worum geht es denn genau?“, fragte ich scheinheilig.

„Um die Sitzgelegenheit. Eins senkrecht.“

„Sechs Buchstaben“, ergänzte Bumskopp.

„Dann zeigt mir das doch mal“, sagte ich und las: „Sitzgelegenheit: **POOOPO**, mit zwei **P**s und vier **O**s geschrieben. Und die Wurfwaffe? **PAKET**. Hm ...“

„Passte alles supergenau mit den **P**s“, erklärte Gräte.

„Nur dass die Wurfwaffe ein **SPEER** und die Sitzgelegenheit ein **SESSEL** ist. Und es mit den Ss besser gepasst hätte“, entgegnete ich.

„Aber das **Eh** mit dem **E** vom **PAKET** ist richtig.“

„Ja, das ist richtig.“

„Und warum der **POOOPO** mit dem **P** vom **PAKET** dann nicht? Man braucht den Popo doch zum Sitzen?“

„Weil das **PAKET** keine Wurfwaffe ist und der **POPO** keine Sitzgelegenheit, sondern ein Körperteil, mit dem man sitzt“, sagte ich.

„Ah-ja“, machte Gräte.

„Bei Gelegenheit“, meinte Bumskopp.

„Meinetwegen auch bei Gelegenheit“, gab ich zu.

„Sitzt? Bei Gelegenheit?“, fing Gräte da wieder an. „Aber dann ist der **POPO** ja doch eine ...“

„Nein!“, stöhnte ich. „Der **POPO** ist ein Gesäß. Und damit setzt man sich auf etwas drauf!“

„Meine Rede“, blähte Gräte sich auf. „Und genau was ich dem Bumskopp auch gesagt habe. Denn meine Tante Pumpa ...“

Und dann fing er an, zu erzählen, was er bei Tante Pumpa noch alles gelernt hatte ...

Ein paar Tage später ging es mit dem Rätseln zunächst besser. Ich saß in meiner Kajüte und war dabei, meiner Mama ein paar Grüße von hoher See zu schreiben. Aber gerade als ich ihr von Bumskopps und Grätes neuem Hobby berichten wollte, klopfte es an meiner Tür und die beiden kamen rein.

„Eh“, begann Gräte, „wir hätten da noch eine Frage. Wegen eins waagerecht.“

„Der großen Pflanze da“, verdeutlichte Bumskopp, „vier Buchstaben.“

„Und das ist ja der **BAUM**“, stellte Gräte fest.

„Hm“, nickte ich.

„Hatten wir auch sofort raus“, sagte Bumskopp.

„Ganz ausgezeichnet“, lobte ich sie.

„War ja auch titti. Aber eins senkrecht: Haare im Gesicht mit vier Buchstaben und dem **B** vom **BAUM** am Anfang ...“

„Ich hab **BART** gesagt“, meinte Bumskopp.

„Und? Was denkst du?“, fragte ich Gräte.

„Ich finde, dass das Wort auch **AFFE** sein könnte, weil Affen ja auch Haare im Gesicht haben. Nur schreiben die sich nicht mit **B**.“

„Ja, dann sollten wir das vielleicht mal überprüfen“, schlug ich vor. „Was ist denn mit vier waagerecht: Dampfergeräusch? Vier Buchstaben und fängt mit dem vierten Buchstaben vom **BART** an? Also dem **T**?“

„**TUUT**“, schlug Bumskopp vor.

„Würde passen“, nickte ich. „Auch das Kleidungsstück von zwei senkrecht. Das wär mit dem **M** vom **BAUM** ein **MANTEL**. Und das kleine Pitsch-Tier von sieben waagerecht hätte ein **L** am Anfang und wär eine **L-L-LAUS**.“

„Super“, grinste Bumskopp.

„Ja, ganz prima. Ihr seid inzwischen ja schon richtige Rätselkünstler.“

„Längst“, nickte Gräte stolz.

„Dann kommt ihr jetzt bestimmt alleine weiter. Wenn allerdings was ist …“

„Nicht nötig“, meinte Bumskopp, „denn das Nächste: großes Schussgeräusch, höhöhö …“

„Ja, was soll das mit vier Buchstaben wohl sein?“, rief Gräte. Und schon zogen die beiden lachend wieder ab.

Ich saß noch einen Moment da und musste darüber nachdenken, wie jemand bei Haaren im Gesicht auf Affe kommen konnte. Aber ich hatte eben ganz besondere Piraten … Was sich auch gleich wieder bestätigen sollte, denn es fielen Schüsse. Kanonenschüsse!

Wie der Teufel raste ich nach oben, fand Gräte und Bumskopp auf dem Hauptdeck, neben ihnen die rauchende Kanone.

„Das war ganz klar ein **BUMS!**", sagte Gräte gerade.

„Ich hab kein **S** gehört. Nur **BUMM**", schüttelte Bumskopp seinen Kopf.

„Ach, papperlapapp. Noch mal", widersprach Gräte.

Und bevor ich eingreifen konnte, fiel auch schon der nächste Schuss.

„Ja, seid ihr denn …? Wieso ballert ihr hier rum?", raunzte ich sie an.

„Ist nur wegen dem letzten Buchstaben", erklärte Bumskopp.

„Ja. Ob das große Schussgeräusch **BUMM** oder **BUMS** geschrieben wird."

„Ihr hört auf das Geräusch, um rauszukriegen, ob das **BUMM** oder **BUMS** heißt? Ja, bin ich denn im Kino? Wenn wir schießen, dann auf …"

Genau in dem Moment tutete es, und ich hörte ein entferntes Blubbern.

„Der Dampfer", sagte Bumskopp.

„Der ist getroffen!", strahlte Gräte und mir verschlug es die Sprache. Da hatten meine Superpiraten dem Dampfer bei einer Rechtschreibübung zufällig eins verpasst. Wenn man das jemandem erzählte …

Für mich wurde aber wieder klar, dass bei Gräte und Bumskopp einfach nichts normal lief. Wenn sie allein bei der Überprüfung eines Schussgeräusches einen Dampfer trafen, zeigte das ja sehr deutlich, was sie für geniale Piraten waren. Ich kassierte das Rätselheftchen wieder ein und ließ sie machen, was sie wollten. So verging die erste Woche der Reise.

In der zweiten Woche begann das Wetter, sich deutlich zu verändern. Die Sonne sahen wir nur noch selten. An ihre Stelle traten dicke Wolken. Der Wind, jetzt spürbar kälter, kam in unerwartet starken Böen und dichter, fast staubfeiner Nieselregen machte unsere Klamotten klamm und schwer wie Blei. Auch das Meer fing plötzlich an zu kabbeln. Das nennt man so, wenn es so rubbelig rau mit kurzen Wellen stößt. Es wurde richtig ungemütlich. Und damit wurde es höchste Zeit, dass ich mit Gräte und Bumskopp das Verhalten bei Seenotfällen übte.

Alarm auf der *Sturmhölle*

Wie kaum anders zu erwarten, rief ich nur Unverständnis und Protest hervor, als ich die Rettungsübungen auf den Tagesplan setzte.

„Das können wir doch al-les“, tönte Gräte.

Und Bumskopp nickte: „Sowieso.“

„Ist doch höchstens was für Seefahr-Tittis.“

„Jou, höhöhö ...“, lachte Bumskopp.

„Tja, dann ... dann könnten wir die erste Seenotübung ja einfach mal ausprobieren“, schlug ich vor.

Von Gräte erntete ich ein gelangweiltes „Wenn es denn sein muss“, während Bumskopp mit den Worten „Ich hol mal die Kanone“ in Richtung Heck wegschlurfte.

„Die Kanone? Wieso denn die Kanone?“, fragte ich überrascht.

„Wenn uns doch einer in Seenot bringen will ...“, meinte Gräte.

„Und wenn derjenige, der uns in Seenot bringt, ein Sturm, ein Tsunami oder ein Leck ist“, führte ich seinen Satz fort, „dann müssen wir Pulver und Kanone ruckzuck sichern, aber doch nicht die Kanone holen und damit auf den Wassereinbruch schießen. Oder willst du ein Leck mit ‘ner Kanonenkugel stopfen?“

„Jaja, aber ...“

„Nichts aber. Unsere Kanone, merk dir das, bringt niemals uns, sondern immer nur die anderen in Seenot."

„Dampfer!", stimmte Bumskopp zu.

„Zum Beispiel die Dampfer oder andere Piraten, ja."

„BUMM", machte Bumskopp jetzt.

„Genau. BUMM, wenn wir denen eins verballern und die ein Loch im Schiff haben ..."

„GLUGG, GLUGG", strahlte Bumskopp.

„Dann sinken sie. Jawohl", knurrte ich, denn langsam begannen mir seine Satzruinen auf den Keks zu gehen. „Aber heute wollten wir doch darüber reden, was ist, wenn nicht der Dampfer, sondern wir in Seenot geraten, zum Beispiel durch einen Sturm oder ein Leck einen Wassereinbruch haben."

„AHÜÜ ...!", heulte Bumskopp jetzt wie auf Kommando los.

„Jawohl, dann geht, AHÜÜ, unsere Alarmsirene los. So wie gleich bei mir, wenn ich weiter diese Einwortsätze höre. Deswegen Schluss mit dem Gerede. Sehen wir doch mal, was ihr macht, wenn wir so täten, als ob wir aufgelaufen wären und ..." Und jetzt brüllte ich aus Leibeskraft: „Waa-sser-ein-bruuch an Steu-er-booord!!!"

„Hoh?", machte Bumskopp und Gräte sauste wie der Blitz zur rechten Schiffsseite rüber und suchte dort das Leck.

„Doch nicht in echt", ächzte ich. „Wir täten doch nur so, als ob. Wenn es echt gewesen wär, hätte es doch vorher krachen und dann gluckern müssen."

Ich war kurz davor, zu explodieren. Aber dann riss ich mich zusammen und befahl ihnen, sofort alles für einen richtigen Probealarm vorzubereiten.

Eine Stunde später trafen wir uns auf dem Hauptdeck wieder. Ich kam direkt zur Sache: „Alles klar? Ist die Sirene vorbereitet?"

„Längst", bestätigte Gräte höchst gelangweilt, und Bumskopp nickte nur.

„Okay. Dann los ... Beim Ertönen dieses Signals ..." Nichts passierte. „Das Sig-na-haal!", wiederholte ich.

„Ah ja", kam jetzt von Gräte, dann machte es klick und neben ihm fing etwas an zu blubbern.

„Was ist das für ein Geräusch?“, wollte ich wissen.

„Die Sirene“, grinste Bumskopp, der das Blubbern lustig fand.

Gräte strahlte: „Voll super alles, denn so, wie die vorher gequietscht und erst geheult hat, das machte einen ja total verrückt. Habe sie deswegen nur mal eben durchgeölt und schon …“

„Und schon blubbert sie nur noch, weil sie im Maschinenöl komplett ersoffen ist“, unterbrach ich ihn. „Gräte, Sirenen müssen heulen. Und zwar wie verrückt, damit man sofort merkt, dass was nicht stimmt!“

„Hab ich ihm auch gesagt“, murmelte Bumskopp.

„Papperlapapp, gesagt. Was willst du mir denn schon sagen? Du verstehst doch null nichts von Sirenen“, schimpfte Gräte.

„Anscheinend aber mehr als du.“

„Du, gerade mal dritter Pirat, willst mehr wissen als ich?“

„Gelernter Dritter“, verbesserte ihn Bumskopp, „und … jou, weiß ich.“

„Was?“ Gräte verschluckte sich fast, aber ehe sie sich wieder stritten, ging ich dazwischen.

„Hört mal ihr beiden, wir befinden uns in einem Notfall-Probealarm. Da zankt man sich nicht und krakeelt erst recht nicht rum! Jetzt stell schon die Sirene ab. Das Geblubber macht einen ja total verrückt.“

„Blitzschnell. Nur habe ich genau das ja eben schon gesagt“, kam Gräte prompt gelehrt daher. „Die Sirene macht einen total verrückt. Aber noch schlimmer war das mit dem Gequietsche und dem Geheul.“

Ich hatte mir fest vorgenommen, mich nicht weiter aufzuregen und bat Gräte deswegen freundlich: „Wenn die Sirene nicht in unter Null aus ist und …“

„Längst vollzack aus und …!“

Im gleichen Augenblick machte es KRAKS. Dann waren nur noch Wind- und Meeresrauschen zu hören und Gräte hielt einen abgebrochenen Schalter in der Hand.

Ich atmete tief durch, zählte innerlich ganz langsam vor mich hin, um nicht aufzubrausen, dann schnaubte ich: „Jetzt pass mal auf, du Sirenenfachmann! Wenn die Sirene nicht bis morgen in aller Frühe repariert ist, mache ich eine Heulboje aus dir und dann … ach!“ Ich hätte ihn am liebsten mal so richtig durchgerüttelt. Stattdessen rief ich: „Weiter. Am Rettungsboot sam-meln!!!“

Dort angekommen befahl ich: „Durch-zäh-len!“

Und Bumskopp zählte: „Eins.“

Im gleichen Moment ging Gräte hoch und keifte: „Eins? Kapitän Flitschauge, der Bumskopp, der hat eins gesagt!“

„Und? Was ist daran verkehrt?“, wollte ich wissen.

„Eins bist doch du. Und ich die zwei. Und der Bumskopp, der hat doch ganz hinten die allerletzte Zahl, die …“

„Drei“, sagte Bumskopp.

„Wer hat denn dich gefragt?“, pfiff Gräte ihn unverzüglich wieder an.

„Ich denke, ich soll …“

„Aber ja wohl nur, wenn du auch dran bist!“

„Gräte“, ging ich dazwischen, „im Notfall kommt es darauf an, dass man guckt, ob alle da sind. Deswegen zählt man. Da gibt es keine Rangfolge.“

„Sonst könnte man ja gar nicht anfangen zu zählen, wenn der Käpt‘n nicht da ist“, nickte Bumskopp.

„Ganz genau. Also noch mal! Eins.“

Und wie aus der Pistole geschossen kamen jetzt „zwei“ und „drei.“

„Sehr schön“, atmete ich auf, „dann sind wir also alle da. Wenigstens das klappt. Sogar ganz gut. Dann weiter … Die Schwimm-westen an-le-gen!“

Eigentlich hatte ich gehofft, dass meine nächsten Befehle schnell ausgeführt würden, aber Gräte machte „ehh“.

„Was, ehh?“

„Die, ehh … die Westen sind noch in der Waschmaschine.“

„Die sind wo?“ Einen Moment lang glaubte ich, im falschen Film zu sein.

„Wenn die doch Flecken hatten“, rechtfertigte sich Gräte. „Wie hätte das denn ausgesehen, wenn wir mit dreckigen Westen rumgelaufen wären?“

„Und wie säh das aus, wenn wir die Westen zum Beispiel genau jetzt bräuchten, weil wir absöffen, die Schwimmwesten aber in der Waschmaschine schwämmen?“, fuhr ich ihm dazwischen.

„Hab ich auch gesagt“, brummte Bumskopp.

„Du Klugscheißer hältst dich da ja wohl am besten raus. Denn du ...“ Weiter kam Gräte nicht.

„Klugscheißer sagst du?“ Bumskopps Gesicht hatte sich puterrot verfärbt. „Jetzt reicht‘s!“

Sekunden später gingen sie aufeinander los. Jetzt reichte es mir aber auch.

„Ruhe und auseinander!", brüllte ich sie an. „Ende, Aus und Schluss für heute! Das ist ja nicht mehr auszuhalten. Die Sirene abgesoffen, Schwimmwesten in der Waschmaschine. Wenn das einer hört! Los, werft den Anker! Wir bleiben hier, bis ihr jeden Punkt der Seenotübung auch noch im Tiefschlaf beherrscht. Hier klappt ja gar nichts!"

„Öö", machte Bumskopp.

„Was, öö?"

„Das Zählen", sagte Gräte, „das haben wir doch gut gemacht."

„Hm, hast du selbst gesagt", nickte Bumskopp.

„Und wir könnten das sogar noch schneller."

„Jou, sollen wir mal?"

Und dann fingen sie mit Begeisterung und solch einer Geschwindigkeit an „zwei-drei", „zwei-drei", „zwei-drei", „zwei-drei" zu zählen, dass es fast wie das Schnarren eines Schiffsmotörchens klang. Kopfschüttelnd ging ich in meine Kajüte und überlegte mir eine neue Übung für den nächsten Tag.

Mann über Bord

„In aller Frühe", hatte ich gesagt. Und tatsächlich war die Sirene früh schon repariert. Sehr früh. Vor allem aber viel zu früh ... Ich lag nämlich noch im pudrig feinen Sand einer Südseeinsel. Wellen plätscherten an Land, Kokospalmen fächelten mir Kühlung zu ... Da ließ ein lang gezogener, schriller Heulton meinen wunderbaren Traum zerplatzen. Klar, wer das war!

Ein paar Atemzüge lang lag ich noch ganz still da, dann schoss ich aus meiner Koje und hoch an Deck, wo der Himmel, tiefschwarz im Westen, im Osten erste Anzeichen des beginnenden Tages zeigte.

„Ja, bist du denn von allen guten Geistern verlassen? Stell sofort die Sirene ab!", donnerte ich Gräte an.

„Jaja, ich wollte ja nur ausprobieren, ob sie auch wirklich funktioniert", erklärte der mir. „Damit bei der Übung nachher alles klappt."

„Aber doch nicht mitten in der Nacht!", schimpfte ich.

„Aber dahinten wird es doch schon hell. Außerdem kann man jederzeit in Seenot geraten", belehrte Gräte mich.

„Schon, aber ..." Ich wurde von Bumskopp unterbrochen, der schlaftrunken angetapert kam und wissen wollte, ob es brennte.

„Wenn es wo brennen würde, müsste es ja auch qualmen", legte

Gräte los, „und dann könnte man den Qualm auch sehen und dann ...!“

Bevor er weitermachen konnte, brüllte ich: „Alarm! Alarm! Seenot!“

Die beiden stutzten, dann begriffen sie. Gräte warf die Sirene wieder an.

Ich rief: „Sam-meln!“

Wir sausten zum Rettungsboot, zählten blitzartig „eins, zwei, drei“ und zogen die frisch gewaschenen Rettungswesten an. Dann sahen die beiden mich voller Erwartung an.

„Ganz ausgezeichnet“, bestätigte ich ihnen, „und glatt Rekordzeit. Aber wo wir schon dabei sind, machen wir am besten auch gleich weiter und täten so, als ob ... als ob der Bumskopp gestolpert und dann über Bord gegangen wäre.“

„Typisch Bumskopp“, meinte Gräte.

Und Bumskopp machte: „Höh?“

„Ja, wer hat denn wieder mal nicht aufgepasst und ist dabei über Bord gegangen?“, lästerte Gräte.

„Gräte, beim ‚So-tun-als-ob‘ tun wir nur so. Da ist der Bumskopp natürlich nicht wirklich über Bord gegangen“, versuchte ich ihm noch mal klarzumachen.

„Aber ob in echt oder auch nicht, ist bei dem Bumskopp doch ganz egal, weil der ja ... Au! Oh! Jetzt hat der mir vors Bein getreten!“, zeterte Gräte.

„Und zwar in echt“, nickte Bumskopp.

„Na warte, dann kannst du das in echt auch wiederhaben“, giftete Gräte.

„Halt! Stopp!“, ging ich dazwischen. „Wie oft muss ich euch noch sagen, dass man sich während einer Rettungsübung niemals prügelt.“

„Aber wenn der doch immer ...“, maulte Bumskopp.

„Und er ...!“

„Ist ja gut“, beruhigte ich sie. „Und weiter. Was machten wir mit dem im Wasser treibenden Bumskopp?“

„Rettungsboot, Strickleiter, retten“, sagte Bumskopp.

„Sehr gut. Dann jetzt das Ganze mal in echt. Los Bumskopp, ab ins Wasser!“

„Immer ich“, murrte er, dann sprang er mit einem Satz ins Wasser.

Ich rief: „Mann über Bord!! Strick-lei-ter an der Bordwand befestigen und das Rettungsboot zu Wasser las-sen!!“

Alles klappte wie geschmiert. Eine Minute später saßen Gräte und ich im Rettungsboot und ich gab das nächste Kommando: „Zum Schiff-brü-chi-gen rudern und die Bergung ein-lei-ten!“

Jetzt passierte erst mal nichts, dann machte Gräte: „Eh ...“

Ehrlich, einen Moment lang habe ich versucht, das „eh“ zu überhören, fragte dann aber, weil ja nichts geschah, ganz vorsichtig: „Was ist denn, eh?“

„Eh ja ... die Rr ... die Ruder“, stotterte Gräte.

„Und was ist mit den Rudern?“ Ich merkte, wie mein Blutdruck stieg.

„Die, eh, die ja, die liegen noch ...“ Er hustete. „Eh, oben, auf dem Deck.“

„Die liegen wo?!“ Jetzt stand ich im Rettungsboot.

„Wenn man die Leiter hochsteigt rechts, da an der Reling, wo das Rettungsboot festgemacht war. Da liegen die unter der Plane ... alle beide“, kam es flüssig dahergestammelt.

„Gräte!“, stöhnte ich. „Wie sollen wir den Bumskopp denn ohne Ruder retten?!“

„Aber der hat doch die Weste“, antwortete er.

„Und wir? Wir treiben, merkst du das nicht? Wir treiben ab! Los raus aus dem Boot und alle Mann zurück zur Sturm-höl-le! Bumskopp! Die Übung ist be-en-det!! Das Rettungsboot bergen wir spä-ter!“

Ja, und dann schwammen wir, so schnell wie möglich, zurück zur *Sturmhölle*, lichteten den Anker und segelten hinter unserem Rettungsboot her, das inzwischen ziemlich weit in der Ferne trieb.

Als wir das Rettungsboot Stunden später wieder an Bord gehievt hatten und unsere triefnassen Klamotten neben dem Ofen hingen, nahm ich mir Gräte noch mal vor. Aber, gleich was ich auch sagte, die beiden – auch Bumskopp – nahmen unsere Übungen irgendwie nicht richtig ernst. Vielleicht dachten sie, wenn man „unsinkbar“ ist, braucht man solche Übungen nicht? Vielleicht waren sie auch nur unaufmerksam, weil sie aber auch den riesigen Diamantenschatz vor Augen hatten? Auf jeden Fall beschloss ich, die Seenotübungen bis auf Weiteres zurückzustellen. Und da der Anker schon einmal gelichtet war, segelten wir gleich weiter Richtung Norden, Richtung Riesenschatz.

Kapitän, ärgere dich nicht!

In den nächsten Tagen zeigte sich der Himmel äußerst wechselhaft, manchmal in strahlend hellem Blau, dann wieder grau mit dicken Wolken zugepackt. An einem dieser Tage bemerkte ich ein Schiff mit dem Bild eines riesigen Kraken auf dem Großsegel, das unseren Kurs zu folgen schien. Beunruhigt ging ich mein Fernrohr holen, um das zu überprüfen, doch genau in dem Augenblick hüllte uns eine derart dicht Nebelwand ein, dass man die eigene Hand kaum noch vor Augen sehen konnte.

Nun ist Nebel nichts Besonderes für uns, wie ihr noch erfahren werdet. Aber der Nebel, in den wir jetzt hineingeraten waren, übertraf alles bisher dagewesene … Zwar zeigte Dampfertuten, dass wir nicht allein auf dem Meer waren, doch sehen konnte man fast nichts. Nicht mal die eigene Hand vor Augen, nur dicke, undurchdringlich weiße Suppe.

Gräte, wie üblich unermüdlich, versuchte trotzdem den Riesenschatz zu sichten, aber da hätte er seine Fernrohre auch gleich in einen Topf mit weißer Farbe stecken können.

Und Bumskopp? Der sagte noch weniger als normal.

Das wäre gar nicht schlimm gewesen, hätte die Laune meiner beiden sich nicht von Tag zu Tag verschlechtert und wäre ihre Streitbereitschaft nicht in gleichem Maße angestiegen. Aber sie sind eben Vollblutpiraten und Langeweile ist für die ganz klar das Schlimmste.

Doch dann hatte ich eine Idee. Ich schnappte mir einen leicht angestaubten Spielekarton, den ich noch von meiner Mama hatte, und machte mich auf den Weg zu Bumskopps Kajüte.

„Das warst doch du!“, schallte mir Grätes Stimme schon entgegen.

„Das war ich nicht!“

„Und doch!“

„Öö!“

Als ich die Tür öffnete, hatten sie sich bereits am Kragen.

„Was ist denn jetzt schon wieder?“, wollte ich wissen.

„Der Bumskopp“, keifte Gräte.

„Gräte."

„Also beide. Aber, was immer auch gewesen ist, geht das eigentlich nie ohne Streiterei bei euch?"

„Wenn der Bumskopp doch andauernd anfängt!", zeterte Gräte.

„Ich? Wer hat mir denn die Schuhcreme auf die Zahnbürste geschmiert?", schimpfte Bumskopp.

„Und wer hat das Ei in meine Koje reingelegt?", krakeelte Gräte. „Das war roh! Das ganze Laken ist voll gelbglibberig versaut und klebt und ... bah!"

„Ja. Super! Höhöhö ...", grinste Bumskopp.

„Du lachst, weil du mein Bett verdreckt hast und ..." Gräte wandte sich mir zu. „Reißnägel hat er mir auch in meinen Schuh gesteckt!"

„Öö, das war ich nicht!", protestierte Bumskopp.

„Das warst du doch!"

„Das war ich nicht!"

Und schon waren sie wieder am Anfang ihres Streits.

„Ruhe! Und keinen Ton mehr!", ging ich dazwischen. „Das ist ja kaum noch zu ertragen!" Ich atmete zwei-, dreimal ganz tief durch, dann kam ich auf meinen Plan zu sprechen: „Versuchen wir es mal anders. Ich wüsste da nämlich ... ein Spiel für euch."

„Ein Spiel?" Sofort wurden ihre Augen groß und rund, voller Erwartung.

„Jawohl, ein Spiel. Ein Spiel, das Langeweile schnell vertreibt und bei dem man lernt, mit seinem Ärger umzugehen." Ich nahm den Deckel vom Karton und sagte: „Und zwar mit Würfeln und diesen Püppchen hier. Es heißt ... guckt selbst."

„Mensch, ärgere dich nicht", las Bumskopp.

„Und wenn man das spielt, ärgert man sich überhaupt nicht mehr?", wollte Gräte wissen.

„Auch nicht, wenn man sich im Bett auf ein rohes Ei gelegt hat?", brummelte Bumskopp.

„Das werden wir dann sehen", antwortete ich, legte das Spielbrett auf den Tisch und begann, ihnen die Regeln zu erklären, die ja sehr einfach sind. Denn jeder Spieler muss seine Püppchen ja nur durch Würfeln ins eigene Haus bringen. Sie schienen das sehr schnell zu begreifen, bis Gräte Turnschuhe holen wollte und nach dem Startschuss fragte.

„Der Startschuss?", fragte ich verwundert.

„Na, wenn wir doch mit den Püppchen um das Spielfeld laufen müssen", meinte er.

„Gräte", erklärte ich ihm, „hier wird weder gelaufen noch geschossen. Die Püppchen werden, je nachdem, was ihr gewürfelt habt, bis in euer Haus bewegt und damit Schluss."

„Ah-ja", nickte er und würfelte. Ich weiß noch, dass es eine Sechs war, der zwei weitere Sechsen folgten, und danach eine Fünf. Und ich weiß auch noch, dass Gräte Oberwasser hatte, als ich ging und ihnen viel Spaß beim Nichtärgern wünschte. Und ich hörte ihn sogar noch rufen: „Schon voll am Nichtärgern, Rausschmeißen und ... hah! Schon wieder eine Sechs!"

Gerade mal fünf Minuten später hörte ich es rumpeln. Direkt danach vernahm ich Gräte völlig außer sich, mit schriller Stimme: „Wenn du noch einmal meine Puppe angreifst!"

„Schon draußen!", johlte Bumskopp. „Höhöhöhö ..."

„Oh! Na warte!“

Dann waren Schritte und kurz danach Hämmern zu hören. Jetzt beschwerte sich Bumskopp laut: „Hörst du wohl auf zu nageln!“

„Das hättest du wohl gerne! Aber da kommt keiner mehr rein!“, kreischte Gräte.

„Bei dir dann aber auch nicht!“, rief Bumskopp.

Gleich darauf folgte ein hässliches Geräusch, ein Poltern, dann war ich unterwegs zu ihnen. Als ich die Tür zu Bumskopps Kajüte aufstieß, glaubte ich meinen Augen nicht zu trauen. Mein Spielbrett, das ich von meiner Mama hatte, war nicht mehr wiederzuerkennen.

Bumskopps „Haus“ war völlig zugenagelt, in Grätes „Haus“ steckte ein grober Keil aus Holz, und meine Piraten kämpften unter dem Spieltisch um ihre Püppchen.

„Das ist doch wohl nicht wahr“, entfuhr es mir, „kann man euch Banausen denn nie mal ...“

In dem Moment fiel auch der Tisch noch um, und Gräte krakeelte: „Aber das ist doch alles nur, weil der dämliche Bumskopp ... Au! Oh!“

„Wenn du mich noch einmal dämlich nennst!“, drohte Bumskopp.

„Und wenn ich nur ein Tönchen noch von euch beiden höre, dann kenne ich mich nicht mehr!“, herrschte ich sie an. „Und wenn das Spiel nicht in unter null Sekunden wieder heile ist, dann ... ach!“

Hochgradig verärgert kehrte ich zurück in meine Kajüte. Nicht zu fassen! Versauen die das Spiel von meiner Mama. Da will ich denen zeigen, wie man sich nicht ärgert, und wer ärgert sich jetzt? Ich musste erst mal richtig Dampf ablassen.

Am nächsten Tag – sie hatten das Spielbrett tatsächlich in unglaublicher Geschwindigkeit repariert – wurde ich versöhnlicher. Was allerdings auch an der Überraschung lag, die uns beim Aufstehen erwartete.

Die Schneeballschlacht

Es waren die veränderten Geräusche, die mich am Morgen stutzig machten. Alles klang weicher, irgendwie gedämpft, jedenfalls nicht wie normal. Doch mit einem Blick nach draußen war alles klar. Die *Sturmhölle* war vollkommen weiß. Natürlich nicht vom Nebel, der färbt ja nicht und war auch völlig weg. Weggeblasen, wie die schlechte Laune meiner Mannschaft. Und wieso? In der Nacht hatte es geschneit. Und es war wunderschön, die *Sturmhölle* in kuschelig, weicher Schneepracht anzusehen.

Für Bumskopp und Gräte gab es kein Halten mehr. Mit einem Satz waren sie an Deck und tobten durch den Schnee, warfen sich auf den Boden und kicherten wie die Kinder. Dann bauten sie Schneemänner. Drei Stück und stellten sie als Galionsfiguren auf den Bug. Danach formten sie kleine Dampfer und Kanonenkugeln aus

dem Schnee, mit denen sie die Dampfer mit Schlachtrufen und Getöse unermüdlich wegballerten. Tja, und am Abend waren sie nass und platt und schliefen fast beim Abendessen ein.

Ein klasse Tag war das! Mir war aber klar, dass dieser wunderbare Schnee wahrscheinlich nur ein Vorgeschmack war. Ich kannte ja den hohen Norden. Gleichzeitig wollte ich meiner Mannschaft die Freude nicht verderben und sagte deshalb nichts.

Am nächsten Morgen fanden wir Blumen auf den Bullaugen. Zart durchscheinend, wie mit dem feinsten Pinsel aufgemalt. Eisblumen. Bumskopp fand sie wunderschön. Für Gräte waren die oberdämlich, weil: „Blumen gehören in die Vase. Die klebt man nicht ans Fenster. Sonst kann man durch ein Fenster ja nichts sehen", meinte er und schrappte sie verärgert wieder weg.

In gewisser Weise hatte er ja recht, aber wen immer er für die Blumen verantwortlich machte, am nächsten Morgen waren sie wieder da, und die Bullaugen waren obendrein noch zugefroren. Es war mit einem Mal richtig beißend kalt geworden.

Ab da liefen wir wie feiste Teddybären rum. Dick eingemummelt in warme Pullover, Ölzeug, Fellhandschuhe, mit Mützen und mit dicken Schals vor den Gesichtern. Aber das reichte schon bald nicht mehr. Darum schnitten wir in ein paar von Grätes großen Schatzsäcken Löcher für Arme und die Beine, danach welche für Augen und den Mund, dann stiegen wir in die Säcke und banden sie ganz oben zu. Jetzt steckten zwar wir statt der Schätze in den Säcken, aber dafür war uns rundum warm.

Nachmittags fing es wieder an zu schneien. Erst nur ganz kleine Flöckchen, aber am Abend waren sie fast eiergroß. Prompt waren

am nächsten Morgen nicht nur die Bullaugen, sondern auch noch die Luken und die Türen dicht. Wir waren eingeschneit. Das ganze Schiff war völlig bedeckt von meterhohem Schnee. Ein weißer Berg, der übers Meer trieb! Das hatten wir seit Grätes Schneekanonenplan nicht mehr erlebt.

Da gab es nur eins: Wir mussten heizen! Denn wegschaufeln konnten wir den Schnee nicht, weil wir ja nicht nach draußen kamen. Also mussten wir versuchen, ihn von innen wegzuschmelzen.

Wir brachten den Ofen in der Kombüse fast zum Glühen. Und zwar rund um die Uhr. Wir heizten wie besessen, verbrannten alles, was nur eben brennbar war und wir nicht nötig brauchten. Das hatte aber zur Folge, dass in der Kombüse eine Bullenhitze herrschte, und uns der Schweiß bald in Strömen rann. Das lief also total verkehrt. Denn jetzt schmolz nicht der Schnee, sondern wir im Schiff, während draußen alles unverändert blieb.

Doch dann kam Bumskopp mit der rettenden Idee. Nämlich: Die Tür nach innen aufzubrechen. Daran hatten wir noch nicht gedacht.

Also brachen wir die Tür mit Brecheisen und Enterhaken aus der Verankerung und standen kurz darauf nur noch der nackten Schneewand gegenüber, durch die wir uns dann, so schnell es ging, ins Freie buddelten. Endlich wieder frische Luft! Aber nicht nur das ... Denn als wir aus unseren Schneelöchern nach draußen guckten, konnten wir es erst gar nicht fassen, so unglaublich schön war dieser Anblick.

Die Sonne strahlte vom tiefblauen Himmel und um uns herum blinkte und glitzerte es auf dem Meer wie in einer märchenhaften Schatzkammer. Bumskopp und Gräte staunten mit weit offenen Mündern „Ohh“ und „Poohhh“ und konnten sich kaum satt sehen an dem, was da so verführerisch funkelnd in der Sonne schaukelte. Es waren riesige Diamantenberge.

Die Diamantenberge

Selbst mir, der ich ja wusste, was da im Wasser trieb, erschien es wie ein Traumbild, welches die Anstrengungen der letzten Tage wegwischte und die Kälte nicht mehr spüren ließ. Für einen Moment genoss jeder für sich das Bild dieses unglaublichen Riesenschatzes.

Doch dann brach es aus Gräte und Bumskopp heraus. „Jipiieehhh!", schrien sie und verschwanden flink wie die Wiesel unter Deck. Nur wenig später waren sie wieder da und begannen, mit Schaufeln und Besen Platz zu schaffen und die Sturmhölle schneefrei zu räumen. Kaum war das erledigt, starteten sie mit den Arbeiten zur Sicherung des Schatzes, die hauptsächlich darin bestanden, die in Reichweite schwimmenden Diamantenberge mit Enterhaken einzufangen und Fischernetze über sie zu werfen, um sie dann am Heck so fest zu vertäuen, dass sie bequem abgeschleppt werden konnten.

Ich sah den beiden eine Zeit lang zu, wie sie mit strahlenden Gesichtern so viele Berge wie möglich einzusammeln versuchten, und überlegte, wie sie wohl reagieren würden, wenn sie bemerkten, was für eine Art von Diamanten sie da festgezurrt hatten. Eines war klar: Das würde eine zweifelhafte Überraschung werden.

„Wenn die hier verkauft sind, holen wir uns neue“, riss Gräte mich aus den Gedanken.

„Jou“, nickte Bumskopp und sicherte dabei mit Sorgfalt den nächsten Diamantenberg. Stellte aber fest: „Hab gar nicht gewusst, dass Diamanten so saukalt sind. Meine Finger sind schon steif gefroren.“

„Das kommt, weil es hier überall so kalt ist“, erklärte Gräte. „Wenn wir nach Süden kommen, werden die Diamanten und die Finger bestimmt auch wieder wärmer.“

„Hm“, machte Bumskopp.

„Außerdem kann man ja wohl mal kalte Finger kriegen“, fuhr Gräte fort, „wenn man danach nie mehr etwas tun muss.“

„Höh?“ Jetzt stockte Bumskopp, und ich bemerkte, wie ein Gedanke in ihm zu arbeiten begann. „Du meinst, wir müssen nie mehr kapern ...“

„Ja, was denn sonst? Wir sind jetzt doch stinkreich!“, jubilierte Gräte. „Das ist doch vollzack der größte Schatz, den es wo gibt. Damit können wir uns Dampfer kaufen, so viel wir wollen. Und die kapern wir dann und versenken sie. Und dann kaufen wir neue. Und die kapern und versenken wir. Und so weiter und so weiter! Wir brauchen auch nie mehr darauf zu warten, bis der Dampferdämlack endlich kommt, weil die ja alle uns gehören und ... hah! Super alles!“

Gräte geriet bei der Vorstellung, ständig neue Dampfer kaufen, kapern und versenken zu können, derartig in Fahrt, dass er gar nicht bemerkte, wie Bumskopps Miene sich mehr und mehr verdüsterte.

„Wir soll‘n die eigenen Dampfer kapern?“, fragte Bumskopp schließlich. „Das macht doch gar keinen Spaß! Als Pirat kapert man doch nicht die eigenen Dampfer.“

„Das ist doch voll egal, was man für Dampfer kapert“, sagte Gräte. „Hauptsache kapern und ...“

„Dann kann ich ja deine Dampfer kapern“, unterbrach ihn Bumskopp.

„Mei-ne? Du willst meine Dampfer kapern?“ Jetzt war es Gräte, dessen Gesicht sich schlagartig verdüsterte. „Wenn du auch nur eine Kugel auf einen meiner Dampfer schießt, dann ...“

„Dann ist ‘n Loch da drin“, stellte Bumskopp fest.

„Du willst ein Loch in meinen Dampfer schießen!?“ Grätes Stimme überschlug sich fast.

„Öö“, schüttelte Bumskopp seinen Kopf. „In alle. Das hab ich so gelernt. Piraten machen das.“

„Du Rundwurst willst mir sagen, was Piraten machen?“, zischte Gräte und baute sich vor Bumskopp auf.

Ich merkte, dass es höchste Zeit war einzugreifen.

Gräte keifte auch sofort los, als er mich sah: „Kapitän Flitschauge! Der Bumskopp will ein Loch in meinen Dampfer schießen!"

„Und versenken. Und nicht nur einen. Sondern alle", verbesserte ihn Bumskopp.

„Ich habe es gehört", sagte ich. „Aber seid ihr nun Piraten und wollt kapern oder nicht?"

„Sowieso", antwortete Bumskopp prompt.

Und Gräte fragte irritiert: „Was denn sonst? Aber der Bumskopp, der ..." Er war nicht so einfach zu beruhigen.

„Ich weiß", unterbrach ich ihn, „aber das besprechen wir in aller Ruhe mal. Jetzt solltet ihr ganz schnell die Schätze sichern. Denn wenn noch mal ein Schneesturm kommt ... Ich weiß nicht, ob wir den überstehen."

Der Hinweis auf einen weiteren Schneesturm half sofort. Blitzschnell vertäute Gräte seinen letzten Diamantenberg, während Bumskopp sofort die Segel setzen lief und seine Diamanten sausen ließ.

Minuten später hatten wir gewendet und befanden uns auf dem Rückweg – Kurs Richtung *Killerzahnfelsen* und zu unserer geheimen Bucht. Die Diamantenberge hatten wir gut festgebunden hinter uns im Schlepp.

Zunächst kamen wir, wegen der zusätzlichen Last, nur äußerst langsam vorwärts. Aber je weiter wir nach Süden kamen, desto schneller wurden wir und erreichten bald die uns bereits bekannte Nebelregion, in der wir, wie auf der Hinfahrt schon, wieder so gut wie gar nichts sahen. Den Schatz natürlich auch nicht.

Deswegen sauste Gräte zu Anfang jede halbe Stunde nach hinten ans Heck, um die Taue zu prüfen und zu sehen, ob der Schatz noch da war ...

Am zweiten Tag lief er schon seltener. Dafür machten sich meine beiden jetzt aber ausgiebige, wenn auch sehr unterschiedliche Gedanken zu ihrem neuen Reichtum und wurden zunehmend stiller. Ich auch, denn ich wusste noch nicht, wie ich Gräte und Bumskopp schonend auf die böse Überraschung vorbereiten konnte, wenn sich der Nebel wieder lichten würde ...

Jonas und der Wal

Am vierten Tag im Nebel kam mir die Idee mit den Geschichten. Der Auslöser dafür lag Monate zurück. Da hatte ich Gräte und Bumskopp, um sie nach einem haarsträubenden Abenteuer etwas zu beruhigen, die Geschichte von Noah, seiner Arche und den vielen Tieren erzählt. Eine Geschichte, die dem tierlieben Bumskopp natürlich besonders gut gefallen hatte, bei Gräte aber sofort einen Plan entstehen ließ. Der wollte glatt die Arche kapern, um mit den darauf befindlichen, besonders mit den ausgestorbenen Tieren, stinkreich zu werden. „Weil ausgestorbene Tiere ja unheimlich wertvoll sind", meinte er. „Und weil es die nirgendwo mehr gibt. Selbst in den besten Zoos nicht."

Dass es sich bei Noahs Geschichte um eine uralte Erzählung handelte, interessierte ihn dabei nicht die Bohne. Trotzdem hatte ich eins gelernt: Meine Piraten mochten solche Geschichten unheimlich gerne. Beide. Und sie ließen sich damit auch leicht auf andere Gedanken bringen.

Als wir beim Frühstück zusammensaßen, schlug ich deswegen vor, ihnen eine spannende Geschichte zu erzählen. Darauf sprangen sie augenblicklich an. Also machten wir es uns gemütlich und ich begann, die Geschichte von Jonas zu erzählen, der vor vielen Jahren zur Stadt Ninive geschickt wurde, um dort für Ordnung zu sorgen.

„Nun erzählte man sich aber, dass in der Stadt Ninive Diebe und Verbrecher lebten“, erklärte ich ihnen. „Und darauf hatte Jonas natürlich nicht die geringste Lust. Warum soll ich mich unnötig in Gefahr begeben?, dachte er und suchte sich kurzer Hand ein Schiff, das ihn möglichst weit wegbringen sollte. Doch kaum hatte das Schiff das offene Meer erreicht, tat sich ein gewaltiger Sturm mit ungeheuren Wellen auf, von denen eine der größten Jonas ergriff und ins Meer warf.“

„Ach, herrjeh!", murmelte Bumskopp, während Gräte sich vor Aufregung nicht rührte.

„Ja, ganz schlimm", fuhr ich fort, „und ganz sicher wäre Jonas auch ertrunken, wenn nicht ein mächtiger Wal aufgetaucht wäre. Der schnappte Jonas mit seinem Riesenmaul, verschluckte ihn in einem Stück und rettete ihn so."

„Poh. Super, der Wal!", strahlte Bumskopp. „Und dann?"

„Dann blieb Jonas drei Tage im Bauch des Wals und überlegte, ob es nicht vielleicht doch besser gewesen wäre, nach Ninive zu gehen."

„Hm", nickte Bumskopp, „und dann?"

„Dann spuckte der Wal Jonas an Land und ..."

Weiter kam ich nicht, weil Gräte urplötzlich aufsprang und aus der Kombüse raste. Den Grund dafür erfuhren wir wenig später, als er zufrieden lächelnd wieder auftauchte und uns erklärte: „Wollte nur kurz sehen, ob der Schatz noch da ist. Wegen dem Wal und seinem mächtigen Riesenmaul. Hätte ja sein können, dass der sich den Schatz geschnappt, verschluckt und irgendwo ausgespuckt hätte und wir den nie mehr gefunden hätten."

In dem Moment wurde mir klar, dass die Geschichte von Jonas und dem Wal wohl nicht die richtige war, um sie abzulenken. Zumindest nicht zu diesem Zeitpunkt, wie sich noch zeigen sollte. Aber ich hatte noch andere Geschichten und ein weiteres Ass im Ärmel. Ich wusste ja, was sie sonst noch besonders gerne taten ...

Der Löffel in der Hosentasche

„Wie wäre es denn wieder mal mit einem Spielchen“, fragte ich Gräte und Bumskopp am gleichen Tag nach unserem Abendessen. Und wie erwartet waren beide sofort Feuer und Flamme. Also schlug ich ein Spiel vor, mit dem man die Beobachtungsgabe, die für Piraten ja besonders wichtig ist, hervorragend schärfen kann, und das so gut wie jeder kennt. Nur Gräte und Bumskopp kannten es nicht.

„Dann aufgepasst“, begann ich, „das Spiel geht so: Ein Spieler sucht sich einen Gegenstand aus, den die anderen raten müssen. Das einzige, was von dem Gegenstand verraten wird, ist seine Farbe. Alles klar?“

Die Antworten könnt ihr euch denken. Gräte sagte: „Längst“ und Bumskopp: „Sowieso.“

„Dann los! Ich fange an. Ich sehe was, was du nicht siehst, und das ist ... das ist schwarz.“

„Mein Hemd“, kam es wie ein Pistolenschuss von Gräte.

„Donnerwetter“, sagte ich verblüfft, denn sein Hemd hatte ich wirklich ausgesucht. „Eine Antwort und schon ... stimmt.“

„Poh“, machte Bumskopp.

Und Gräte stellte stolz fest, dass das wirklich ein tittileichtes Spiel für einen zweiten Piraten sei, und dass er dem Bumskopp das Spiel nun ja erklären könne. Er lächelte mitfühlend säuerlich.

„Aber dann könnt ihr das Spiel vielleicht schon ohne mich spielen?“, fragte ich.

„Längst“, versicherte mir Gräte und zwirbelte seinen Bleistiftbart.

Bumskopp nickte nur.

„Dann wünsche ich euch viel Spaß dabei. Und denkt daran, als nächster ist immer der dran, der richtig geraten hat. In diesem Fall also Gräte. Ahoi. Bis später.“

Damit ging ich, um den Kurs zu kontrollieren.

„Ay, ay, Kapitän Flitschauge!“, rief Gräte mir hinterher. „Schon voll die Beobachtungsgabe vom Bumskopp am Schärfen, weil der ...“

„Weil ... der ... was?“, wollte Bumskopp wissen.

Ich hatte die Kombüsentür nicht ganz geschlossen und wartete wegen des drohenden Tons in Bumskopps Stimme vorsichtshalber noch einen Moment damit.

„Das geht dich gar nichts an. Ich rede schließlich mit dem Kapitän“, klärte Gräte Bumskopp auf, fuhr aber im gleichen Atemzug fort: „Darüber hinaus sehe ich was, was du nie nicht und niemals sehen wirst, und das ist ... lila.“

„Die Gurke da“, sagte Bumskopp.

„Die Gurke? Th! Das ist ja so etwas von falsch“, hörte ich Gräte geradezu angewidert sagen.

„Da hast du aber gerade hingeguckt.“

„Wo ich hingucke, geht dich ja wohl voll null nichts an. Außerdem ist die Gurke eine Aubergine und die ist violett“, berichtigte ihn Gräte.

„Aber violett und lila ...“, wandte Bumskopp ein.

„Genau, sind nicht das Gleiche“, belehrte Gräte ihn. „Das habe ich bei meiner Tante Pumpa längst gelernt.“

„Aber ...“

„Aberrhabarber und Ruhe jetzt. Lila.“

Es war klar, dass das nicht gut enden würde. Also ging ich noch mal zurück in die Kombüse, tat so, als ob ich nichts mitbekommen hätte.

„Hört mal, das habe ich ganz vergessen. Farben wie pink und lila lasst ihr besser weg. Denn das sind keine klaren Farben. Da gibt's nur Durcheinander.“

„Ah, chh, ah ja“, machte Gräte, und Bumskopp brummte „Hm.“

„Dann weiterhin viel Spaß beim Raten“, wünschte ich.

Noch im Weggehen hörte ich Gräte: „Also nochmal von vorne. Ich sehe was, was du nicht siehst, und das ist ... gelb."

Das war zunächst das letzte, was ich hörte. Für zehn Minuten ungefähr. Dann wurde es in der Kombüse laut. Also zischte ich, bevor noch was zu Bruch ging, dorthin zurück. Vor der Kombüse hielt ich kurz an, um rauszukriegen, worum es jetzt wohl wieder ging.

„Gestern lag er aber da. Da auf dem Tisch", hörte ich Gräte.

„Jetzt aber nicht."

„Weil jetzt nicht gestern ist und das auch voll egal ist. Entscheidend beim Beobachtungsspiel ist, dass man alles sieht und auch behält. Besonders das von vor jetzt!"

„Aber wie soll ich denn vor jetzt schon wissen, was ich beobachten soll?", wollte Bumskopp wissen.

„Das bringe ich dir ja gerade bei", erklärte Gräte. „Jetzt erst mal zwei zu null für mich, hah! Und nächste Runde. Ich sehe was ..."

„Öö", machte Bumskopp, „so spiel ich nicht mehr mit."

„Du willst was nicht mehr!? Das ist Meuterei!", krakeelte Gräte.

Es wurde Zeit hineinzugehen.

„Irgendetwas nicht in Ordnung?", fragte ich.

„Alles obertopp", versicherte mir Gräte. „Ich führe zwei zu null. Nur sieht der Bumskopp einfach so gut wie gar nichts."

„Wenn Gräte immer was aussucht, was man gar nicht mehr sehen kann", beschwerte sich Bumskopp.

Ich musste an die Diamantenberge denken, die wir hinter uns herzogen ...

„Erst gelb vom Ei, dann ...", motzte Bumskopps weiter.

„Papperlapapp. Ein jeder weiß, dass Eier in der Mitte gelb sind!"

„Man kann‘s von außen aber nicht sehen“, schimpfte Bumskopp, „genau wie deinen roten Eierlöffel.“ Er drehte sich mir zu: „Das Rot vom Löffel sollte ich raten. Dabei hat er den Löffel in der Hosentasche.“

„Mein roter Eierlöffel lag gestern lange genug auf dem Kombüsentisch. Da konnte jeder sehen, dass der rot ist.“

„Aber Gräte, du kannst doch nicht was raten lassen, was gestern auf dem Tisch lag und heute in deiner Tasche steckt“, wandte ich ein.

„Und was ist dann mit der Schlange, der unheimlich giftigen, die sich im Sand versteckt?“, zeterte Gräte.

„Höh?“, machte Bumskopp.

Ich wusste auch nicht, was Gräte meinte.

„Natürlich *höh*!“, äffte Gräte Bumskopp nach. „Aber die Schlange versteckt sich doch auch nicht erst, wenn man sie gesehen hat.“

„Schon“, stimmte ich ihm zu.

„Und wenn man auf die drauftritt, dann Giftzahn, Biss und zack und hin“, regte Gräte sich weiter auf.

„Da hast du zweifellos recht“, versuchte ich ihn zu beruhigen. „Nur geht es bei uns doch mehr um Dampfer, die wir beobachten. Und auf die tritt man ja nicht so leicht mal eben drauf.“

„Höhöhö ...“, freute sich Bumskopp. „Auf die Tute ...!“ Und schon tutete er ein ziemlich verbeultes *trööööt, terööööt* ...“

„Da, typisch. *Trööööt, terööööt*! und *höh* ist mal wieder alles, was er dazu sagen kann“, ereiferte Gräte sich aufs Neue. Wenn er wenigstens richtig tröten könnte. Tröten geht so: *Tröt-teröt* ..!

„Aber nicht beim Dampfer, wenn man da draufgetreten ist“, widersprach ihm Bumskopp. Da geht das: „*Tröööt, teröööt …*!“

Was soll ich sagen? Sie töteten noch, als ich schon in der Koje lag. Einer tüchtiger als der andere. Und ihre Laune wurde dabei ständig besser. Meine nicht, denn ein Blick nach draußen hatte mir gezeigt, dass der Nebel anfing, sich zu lichten …

Diamantenzwerge

Es war ein durchdringender Schrei, der mich frühmorgens aus dem Schlaf riss. Dann hörte ich Gräte: „Diebstahl!!! Hiillfeee! Wir sind bestohlen worden! Buuums-kooopp! Ka-pi-tään Flitsch-au-ge!!!“

Ich lief, so wie ich war, an Deck. Da die Sonne gerade aufging, musste ich blinzeln. Ich sah den an backbord leuchtend rot gefärbten Himmel und entdeckte Gräte und Bumskopp hinten am Heck, wo sie fassungslos auf die im Morgenlicht rötlich schimmernden Diamantenberge starrten. Berge? Nun ja, was da an dicken Tauen auf der Wasseroberfläche schaukelte, glich eher glitzernden Zwergenmützchen. Die Diamantenberge waren so gut wie weggeschrumpft.

Ich überlegte einen Moment, was ich tun sollte, denn Gräte und Bumskopp standen wie gelähmt da. Dann rief ich ihnen zu, den Schatz so schnell wie möglich einzuholen, bevor noch mehr davon verschwand. Als Nächstes schlug ich vor, die Schatzreste im Kühlschrank und in der Tiefkühltruhe unterzubringen, weil dieser Schatz offensichtlich nur in der Kälte haltbar war.

Es dauerte eine Weile, bis sie das begriffen, aber dann ging alles rasend schnell. Mit einem Affenzahn verstauten sie ihre Diamanten. Allerdings mit den entsprechenden Bemerkungen.

„Wenn ich den kriege", schimpfte Gräte immer wieder und sah sich wütend um.

„Jou", knurrte auch Bumskopp mit bärbeißiger Miene, „den machen wir kurz und klein."

„Uns hinterhältig zu beklauen", schnaubte Gräte.

„Hm, das geht gar nicht", stimmte Bumskopp zu, „weil das ganz unfair ist."

So schimpften sie noch lange grimmig vor sich hin. Besonders Gräte, der den Rest des Schatzes ab sofort strengstens bewachte, sein Gewicht andauernd überprüfte und in der Folgezeit so lange zwischen Kühlschrank und der Tiefkühltruhe schlief, bis er endlich überzeugt war, dass der Schatz nun wirklich nicht mehr kleiner wurde.

Zwei Tage später, ich stand am Heck, ließ mir den Fahrtwind um die Nase wehen und beobachtete die Taue, wie sie, jetzt ganz ohne Schätze, lustig, fast wie befreit, auf der glänzenden Wasseroberflä-

che tanzten. Kopfschüttelnd dachte ich daran, was seit der Mückenplage auf der *Sturmhölle* alles passiert war. Ich sah die Schwarze Hose, wie sie sich drohend vor uns aufgebaut hatte, musste an Bumskopp denken, wie er die *Sturmhölle* durch jenen unglaublich engen Felseinschnitt manövriert und uns gerettet hatte. Dann Grätes Schatzkarte und die riesigen Diamantenberge – ich musste schmunzeln. Ein bisschen schlechtes Gewissen hatte ich deswegen ja gehabt, denn mir war natürlich klar gewesen, welche Art von Diamanten uns erwarten würden. Aber auf dem Wege hatten sie immerhin den hohen Norden kennengelernt und langweilig war es auch nicht gewesen, was für Piraten, wie Gräte und Bumskopp es sind, ja lebenswichtig ist.

Aber bei allem würden wir ihren Wissensstand verbessern müssen. Denn so wie Gräte und Bumskopp die Abenteuer anzogen ... puh! Ich beschloss, so bald wie möglich mit der Piratenschule wieder anzufangen. Denn was zum Beispiel den Diamantenschatz betraf, so hatten sie mittlerweile zwar auch begriffen, dass das wohl eine andere Art von Diamanten war, die sie da erbeutet hatten, aber mal ganz ehrlich: Normalerweise weiß doch jedes Kind, dass Wasser in verschiedenen Formen vorkommt und vieles nicht unbedingt das ist, wonach es aussieht ... Aber was ist bei Gräte und Bumskopp schon normal! Wie auch immer ... Jetzt war es erst mal wichtig, die beiden wieder fürs Kapern zu begeistern.

Dampferkunde

„Stellt euch mal vor …“, begann ich am nächsten Morgen nach dem Frühstück. „Ein großer Dampfer nähert sich. Ihr könnt ihn aber noch nicht sehen, weil er zum Beispiel durch einen Felsvorsprung verdeckt ist. Woran könntet ihr trotzdem schon erkennen, dass es ein großer Dampfer ist?“

„TUUUT!“, machte Bumskopp mit tiefer Stimme.

„Sehr gut, Bumskopp“, lobte ich ihn, „an seiner tiefen Tute können wir ihn erkennen.“

„So tuten könnte ich auch, wenn ich einen Wabbelbauch wie Bumskopp hätte“, mischte Gräte sich sofort ein. „So einen unheimlich dicken.“

„Mag sein“, antwortete ich, „aber dann kannst du uns ja mal zeigen, woran wir einen kleinen, eher dünnen Dampfer blitzschnell erkennen können.“

„Vollzack am Tüt!“, erklärte Gräte und tutete „tüüüüt – tüüüüt!“ mit spitzem Tutenmund.

„Na ja“, murmelte Bumskopp.

„Was soll das ‚Na ja‘ heißen?“, regte Gräte sich gleich auf.

„Na, wenn‘s doch wie ‘ne Autohupe klang“, meinte Bumskopp.

„Ich soll wie eine Autohupe klingen!? Das sagst du, Walbauchtuter!“

„Wie auch immer“, stoppte ich Gräte, „auf jeden Fall hat der kleine Dampfer normalerweise einen höheren Ton. So, wie du uns das gerade sehr richtig vorgetutet hast.“

„Meine Rede“, nickte Gräte, „weil kleine Dampfer ja nur ganz klitzekleine Tuten haben und die ...“

„Wie klingt denn dann der ganz normale Dampfer?“, unterbrach ich seine Rede.

Sofort tuteten beide einträchtig ein ganz normales, langes „Tuuut“, und am Glanz ihrer Augen konnte ich erkennen, dass sie bereits überlegten, wie sie diesen Dampfer am besten kapern könnten. Das hieß, dass ihre Lust zu kapern schon wieder ziemlich wach war.

„Sehr schön“, lobte ich sie. „Dann weiter. Jetzt täten wir mal so, als ob wir den Dampfer sähen. Und zwar ... guckt mal.“

Ich holte die Zeichnungen, die ich extra dafür vorbereitet hatte, aus der Tasche und legte sie vor den beiden auf den Tisch.

„Dieses Mal möchte ich wissen, ob ihr auf den Bildchen hier erkennen könnt, in welche Richtung sich der Dampfer bewegt.“

Bumskopp erkannte als erster: „Dampfsäule zeigt nach hinten Richtung Heck, dann fährt der Dampfer vorwärts und der, bei dem der Dampf senkrecht nach oben aufsteigt, der ankert.“

„Weil er wahrscheinlich mal wieder nicht weiß, wohin er dampfen soll, der Dämlack“, spottete Gräte.

„Kann sein“, sagte ich, „aber was ist mit den beiden anderen Bildchen?“

„Der Schisser mit dem Dampf nach vorne in Richtung Bug fährt ganz klar rückwärts. Weil der vor uns abhaut“, vermutete Gräte.

„Jou“, freute sich Bumskopp, „aber schnappen tun wir den trotzdem.“

„Vollzack. Und zwar so schnell, dass der noch nicht mal ‚Hilfe‘ tuten kann“, begeisterte sich Gräte.

„Ganz prima. Und was ist mit dem?“ Ich zeigte auf das Bild, auf dem der Dampfer samt Dampfsäule mit dem Bug nach unten im Meer verschwindet.

„Der taucht“, erklärte Gräte im Brustton der Überzeugung.

„Höh?“, machte Bumskopp.

„Der taucht, weil er sich verdrücken will“, nickte Gräte.

„Der sinkt, weil wir ihm eine verballert haben“, widersprach ihm Bumskopp.

„Nicht, wenn es ein U-Boot-Dampfer ist“, entgegnete Gräte.

„U-Boot-Dampfer? Hab ich noch nie gehört“, sagte Bumskopp.

„Auf jeden Fall können die tauchen“, beharrte Gräte.

„Aber unter Wasser läuft denen doch sofort das Dampfrohr voll“, protestierte Bumskopp.

„Papperlapapp. Dafür haben die extra Korken.“

„Höh?“

„Ja, da höhst du.“

„Und die Tute?“

„Die blubbert unter Wasser. Das kann man an den Bläschen auf der Wasseroberfläche sehen“, erklärte Gräte. „Und jetzt Schluss mit dem Gesabbel. Wenn du mal wieder gar nichts weißt, dann ...“

Bevor Bumskopp reagieren konnte, mischte ich mich ein: „Über U-Boot-Dampfer können wir vielleicht später mal reden, nur, gleich ob der Dampfer taucht, sinkt oder auch untergeht, ganz sicher ist, dass er verschwindet.“

„Weil wir ihm eins verballert haben.“ Bumskopp ließ nicht locker.

„Das geht schon gar nicht deswegen, weil dann ein Loch im Dampfer drin sein müsste“, stieg Gräte sofort wieder ein. „Auf dem Bild da hat er aber keins. Nicht mal ‘ne Beule.“

Damit hatte er zweifellos recht und ich die Nase voll.

„Ganz ausgezeichnet, was euch alles zu solch einem Bild einfällt“, lobte ich sie trotzdem. „Demnächst werde ich es noch genauer zeichnen. Jetzt könnt ihr euch, wenn ihr Lust habt, aber schon mal Gedanken machen, wie wir den Dampfer kapern. Vielleicht habt ihr eine Idee für einen guten Kaperplan? Ahoi!“

Damit ließ ich sie alleine, weil ich ganz einfach eine Pause brauchte. Ich hörte Gräte zwar noch, wie er mir hinterherrief.

„Schon so gut und längst wie fertig, die Ka-per-i-dee!“, dann klappte die Tür zu, und ich hatte Ruhe. Denn tauchende Dampfer mit blubbernder Tute und Korken im Dampfrohr waren zwar ganz tolle Einfälle, aber momentan zu viel für mich ...

Gräte und der Wal

Während ich wichtige Eintragungen ins Logbuch vornahm, fiel mir die Schiffsbewegung auf. Die *Sturmhölle* schwankte nur leicht seitwärts, nicht nach vorn oder nach hinten, was ganz sicher nicht in Ordnung war, denn das hieß, wir standen.

Ich weiß noch, dass mir ein Fisch, es war ein Kabeljau, entgegenfiel, als ich die Tür zum Hauptdeck aufstieß. Verwundert sah ich, wie er an mir vorbei die Treppe runterflutschte und unten im Kajütengang verschwand. Das musste nichts Besonderes bedeuten, denn Fische hatten wir schon häufiger an Deck gehabt, aber als dem ersten ein zweiter, dann ein dritter Fisch nach unten folgte, blieb kein Zweifel, dass etwas Ungewöhnliches im Gange war.

Meine Vermutung bestätigte sich im gleichen Augenblick, als ich aufs Hauptdeck raustrat und es mir die Beine wegriss, ich unsanft auf meinen Hosenboden krachte, schon im nächsten Augenblick in Richtung Haupt-

mast schlitterte und ständig Fische um mich hochspritzten. Aber bevor das endlos weiterging, klammerte ich mich am Hauptmast fest und holte erst mal ganz tief Luft. Dann guckte ich mich um und stellte fest, dass ich in einer Flut von Fischen lag, die in wunderbarem Einklang mit der Schiffsbewegung von back- nach steuerbord und zurück über die Planken glitschten. Jetzt entdeckte ich auch Bumskopp an der Reling, wo er Halt gefunden hatte und sich ein Lachen kaum verkneifen konnte.

„Was ist hier los?“, fragte ich ihn.

„Gräte“, brummte er leicht grinsend.

„Mach dich noch lustig über mich“, raunzte ich. „Sag lieber, was mit Gräte ist.“

„Fischt“, murmelte er schulterzuckend.

„Der fischt?“

„Dahinten“, nickte er und deutete mit dem Kopf in Richtung Heck.

„Aber hier ist doch schon alles voller Fische? Wieso ...?“

Es wurde mir zu anstrengend, Bumskopp weiter zu fragen, da er ja offensichtlich mal wieder seinen „Wortspartag“ hatte.

Mit einem Ruck zog ich mich am Hauptmast hoch und balancierte ganz vorsichtig durch das schlibberig glatte Fischgetümmel rüber zum Heck.

Den nächsten Anblick werde ich nie vergessen: Gräte, den Enterhaken auf dem Rücken, inmitten eines Bergs von Fischen und Kartons. So stand er unter einem prall gefüllten Fischernetz und war hoch konzentriert dabei, Fische sowie Kartons ins Meer zu werfen.

Einen Moment lang versuchte ich zu begreifen, warum jemand,

der Fische gefangen hat, dieselben gleich wieder über Bord wirft? Aber dieser jemand war Gräte…

„Was geht hier vor?“, sprach ich ihn an.

„Ah, Kapitän Flitschauge“, sagte er, warf weitere Fische über Bord und wandte sich mir zu.

„Wieso wirfst du die Fische ins Meer zurück?“, wollte ich wissen.

„Voll der Superplan“, erklärte er, „ist aber nur der Vor-Trick. Denn damit locke ich ihn ja nur.“

„Der Vor-Trick? Und wen lockst du?“

„Vollzack den Wal. Den Großen“, nickte er mit ausgebufftem Blick. „Deswegen brauche ich ja so viele Fische.“

„Den Wal?“, fragte ich verdutzt. „Was willst du denn …?“

In dem Moment bemerkte ich unsere Totenkopffahne, die Kanone und jede Menge Besenstiele neben ihm. „Was willst du mit den Besenstielen?“

„Die sind fürs Maul vom Wal. Damit das aufbleibt“, stellte Gräte klar. „Sonst ist aber alles wie beim Jonas.“

„Jonas? Was für ein ...“ Genau da dämmerte es mir endlich. Ich hatte ihnen ja die Geschichte von Jonas und dem Wal erzählt ...

„Der Supertyp von Nifiweh“, bestätigte Gräte im gleichen Augenblick, was ich vermutete.

„Ninive hieß die Stadt“, berichtigte ich ihn. „Aber du hast doch sicher eine Zeichnung von deinem Superplan.“

„Vollzack. Da kann man alles oberperfekt und haarklein drauf erkennen“, nickte er, warf schnell noch einen Schwung Fische sowie einen der Kartons über Bord und kramte dann einen seiner wohlbekannten Küchenzettel aus der Hosentasche.

Als ich die Zeichnung auf dem Zettel sah, wollte ich es zunächst nicht glauben. Da war das weit aufgesperrte Maul eines ungeheuer großen Wals zu sehen, das der nicht schließen konnte, weil Besenstiele es blockierten. Und mitten drin im Maul stand Gräte. Mit Kanone, Enterhaken und unserer Fahne in der Hand. Sein Blick war auf ein noch weit entferntes Ziel gerichtet. Wahrscheinlich auf den Dampfer ...

Ich blickte hoch, sah Gräte an, dann wieder seinen Kaperplan.

Der wollte allen Ernstes einen Wal als Tarnung benutzen und aus dem Walmaul raus den Dampfer kapern! Das war nicht tollkühn. Nein, das war total verrückt ... und lebensgefährlich!

Als wäre das ein Stichwort für den Plan gewesen, begann die Sturmhölle mit einem Mal sehr stark zu schwanken. Die Wellen schlugen über die Bordwand und das Meer fing regelrecht zu brodeln an.

„Ich glaube, da kommt er. Genau so habe ich es ja auch geplant", freute sich Gräte.

„Wale!“, meldete Bumskopp aufgeregt und hangelte sich an der Reling auf uns zu.

Tatsächlich schossen jetzt auch Fontänen aus dem Wasser hoch. Das war die Atemluft, die die Wale durch ihre Blaslöcher ausstießen.

„Super!“, jubilierte Gräte, zog die Kanone zu sich ran, packte die Fahne und die Besenstiele und machte sich bereit, über die Reling ins Wasser zu springen.

„Halt! Stopp! Bleibst du wohl hier!“, brüllte ich und packte ihn bei den Schultern. „Siehst du denn gar nicht, was du angelockt hast?“

„Eine Armee von Pottwalen ist das“, murmelte Bumskopp kreidebleich.

In dem Moment entdeckte Gräte die Zähne im Maul eines der Riesenwale.

„Ppp-pott-wa-le?“, krächzte er entsetzt. Dann machte er: „Ahh, ehh-ah-ja.“ Damit fiel er um und sank wie ein Kind in meine Arme.

Vorsichtig ließ ich ihn zu Boden gleiten und brüllte: „Wir müssen weg hier! Los, Bumskopp, den Anker!“

Aber da war er schon dabei, die Ankerkette hochzukurbeln. Jetzt ging alles superschnell. Während Bumskopp die Segel setzte, kappte ich das Netz mit

Grätes Fischen und warf alles, was ich zu packen kriegte, so schnell wie möglich, über Bord ins Meer, wo sich die Wale gierig auf die Nahrung stürzten. Die *Sturmhölle* schwankte mittlerweile wie eine Nussschale im Sturm und wir hatten größte Mühe, uns überhaupt auf dem Schiff zu halten. Aber dann – endlich – nahm sie Fahrt auf, und wir entfernten uns mit geblähten Segeln.

Erleichtert klopfte ich Bumskopp auf die Schulter: „Gut gemacht, denn das war wirklich knapp."

„Die Wale wären uns fast aufs Schiff gesprungen", nickte er, „und dann ... puh!"

Wie auf Kommando seufzte auch Gräte, sprang zwei Atemzüge später auf und wollte sofort wissen, wo denn seine Fische seien? Er konnte sich anscheinend an nichts mehr erinnern.

„Da, wo sie hingehören", sagte ich. „Im Meer bei deinen Walen."

Und dann nahm ich ihn mir gründlich vor. Erklärte ihm, dass solche Pläne vielleicht ganz besonders seien, dass er damit aber nicht nur die ganze Mannschaft, sondern auch das Schiff in Gefahr gebracht habe und wir nur mit Glück einer Katastrophe entkommen seien und so weiter und so weiter ...

Aber erst nach vielen „Jajajas" und „Abers" begann er langsam einzusehen, dass Geschichten wie die von Noah oder Jonas meist nur eine Art Märchen sind und man die nicht so einfach glauben darf.

„Die haben aber immer einen wahren Kern", versuchte er es noch einmal. „Und der Jonas ..."

„Genau, der Jonas wäre in diesem Fall der wahre Kern und die Geschichte drum herum das Märchen", fiel ich ihm ins Wort. „Jetzt aber noch einmal: Die Idee, einen Dampfer aus einem Wal heraus zu kapern, ist sicher ganz fantastisch. Ein Superplan, auf den kein anderer so schnell kommt. Nur wird man, wenn man solch einen Plan ausführt, mit Sicherheit ruckzuck gefressen."

„'n Pottwal ist ja auch das größte Raubtier von der ganzen Welt", nickte Bumskopp bedeutungsvoll.

Schon war Gräte wieder ganz der Alte: „Ja und? Wenn ich mit der Kanone und dem Enterhaken in dem Wal dann ..."

„Genau", beendete ich die Diskussion, „dann hätte der Pottwal ziemlich sicher nicht nur dich, sondern alles, was du dabei gehabt hättest, gleich mitgefressen."

Damit zog ich mich zurück in meine Kajüte, wo mich der Vorfall allerdings noch eine Zeit lang weiter beschäftigte. Damals hatte ich eigentlich geglaubt, die Geschichte von Jonas und dem Wal hätte Gräte nicht so richtig interessiert. Doch da hatte ich mich wohl getäuscht. Der hatte sehr genau hingehört und sofort einen Kaperplan daraus gemacht! Was eindeutig für ihn sprach. Nur würde ich ihm den Unterschied zwischen einer Idee und einem Plan und wie man ihn in die Tat umsetzt, eindeutig klarer machen müssen. Das nahm ich mir für den nächsten Tag vor.

Eine fast perfekte Kaperung

Ich war noch ein gutes Stück von der Kombüse entfernt, als ich Bumskopps entsetztes „Höh?“ hörte. Direkt danach prompt Gräte: „Höh-höh-höh! Hör schon auf zu höhen! Was kann denn ich dazu, wenn ihr das Essen wegschmeißt!“

„Wenn du das zum Verfüttern rausstellst!“, maulte Bumskopp.

„Und woher sollte ich wissen, was ein Wal so frisst?“, erwiderte Gräte. „Das wussten wir bei den Mücken ja auch nicht. Die haben doch sogar die leckere Knoblauchsuppe stehenlassen.“

„Das Schießpulver nicht zu vergessen, mit dem sie explodiert wären“, mischte ich mich ein. „Soweit ich mich erinnere, haben sie das auch abgelehnt. Worum geht es hier eigentlich?“

„Erbsen“, sagte Bumskopp.

„Aber jede Menge“, fügte Gräte hinzu.

„Erb-sen?“ Ich verstand nicht ganz.

„Sonst ist ja nix mehr da.“

„Wo ich aber nichts dafür kann“, sagte Gräte.

Ich merkte, wie ich ungeduldig wurde. „Jetzt mal langsam und der Reihe nach. Wofür kannst du nichts? Was ist nicht da? Und was haben Erbsen damit zu tun?“

„Die Erbsendosen sind das einzige, was noch da ist. Alles andere haben die Wale aufgefressen“, erklärte Bumskopp schlecht gelaunt.

„Die Wale haben was?“ Ich glaubte, mich verhört zu haben.

„Die Vorräte aufgefressen“, wiederholte Bumskopp mit düsterer Miene. „Die waren in den Kartons, die Gräte mit den Fischen über Bord geworfen hat.“

„Du hast unsere ganzen Vorräte ...?“ Jetzt begriff ich.

„Ich musste schließlich einen Wal anlocken“, motzte Gräte.

„Was dir zweifellos gelungen ist. Aber die lockt man doch nicht mit den eigenen Essensvorräten an!“, knurrte ich. „Wie kann man denn ...?“

Ich musste erst mal durchschnaufen. Bestimmt hatte der Hammel die Erbsen deshalb nicht verfüttert, weil die in Blechkonserven steckten und Wale erfahrungsgemäß keine Dosenöffner bei sich führen. Ich mochte mir gar nicht vorstellen, wie Gräte das alles wieder erklären würde. Am liebsten hätte ich ihn mir jetzt so richtig vorgenommen. Aber davon kamen die Vorräte auch nicht zurück. Also nahm ich mich zusammen und verklickerte den beiden, was ich ohnehin geplant hatte.

„Bekanntlich nutzt es nichts, lange zu jammern“, begann ich, „vor allem, wenn der Magen leer ist. Denn dann hat man Hunger.“

„Hm“, nickte Bumskopp mit gesenktem Blick.

„Und deswegen“, ich machte eine Pause, „deswegen holen wir uns neue Vorräte eben da, wo wir sie seit eh und je in solchen Fällen holen.“

„Beim Dampfer?“, fragte Bumskopp und seine Äuglein blitzten sofort hellwach auf.

„Genau bei dem“, nickte ich. „Und zwar mit einem Plan, bei dem alles, selbst der kleinste Punkt, bedacht ist. Einem Plan, bei dem nichts, aber auch gar nichts danebengehen kann.“

„Super!“, strahlte Bumskopp, und auch auf Grätes Antlitz sah ich das alte Kaperfeuer glimmen.

„Über den Plan sprechen wir gleich nach dem Essen. Jetzt aber erst mal ran an die Erbsen. Danach sehen wir weiter“, schloss ich meine Rede.

Das Erbsen-Frühstück verlief in angespanntem Schweigen. Kein Wort fiel mehr wegen der geringen Essensauswahl. Einzig Gräte sauste zweimal wegen „dringend Pipi“ um die Ecke. Ein Kaperplan, bei dem gar nichts mehr schiefgehen konnte ... Die Vorfreude war für ihn kaum auszuhalten.

Zwei Stunden später standen wir über die Seekarte gebeugt, die ich in meiner Kajüte ausgebreitet hatte.

„Der Dampfer, es ist eher ein kleiner, aber ein besonderer, denn er hat nur Feinschmecker an

Bord und bewegt sich, genau wie wir, nach Süden. Im Moment befindet er sich in etwa hier."

Ich zeichnete einen kleinen Dampfer in die Karte.

„Aber", gluckste Bumskopp, dem allein schon bei der Vorstellung von Feinschmeckern, die sicher nur erlesene Speisen an Bord hatten, das Wasser im Mund zusammenlief.

„Genau", griff ich seinen Gedanken auf, „damit ist er gar nicht so weit weg von uns, denn wir sind – genau hier." Ich zeichnete nicht weit vom Dampfer ein kleines Segelschiff ein.

„Aber dann könnten wir ihn doch gleich da kapern." Gräte deutete auf eine Stelle in der Karte, wo ein paar klitzekleine schwarze Fleckchen waren. Kaum sichtbar, etwa wie Fliegenschisse groß.

„Könnten wir", bremste ich ihn, „wenn wir damit nicht einen der gefährlichsten Orte des nördlichen Atlantiks überqueren müssten. Ihr habt doch sicher schon von *Pope's Rock* gehört?

„Ou", machte Bumskopp und beide verzogen ihr Gesicht, als ob sie in Zitronensaft gefallen wären.

„Hm", nickte ich. „Genau der liegt da. Der berühmte Trümmerfelsen, der, umgeben von dicht unter der Wasseroberfläche befindlichen, heimtückischen Klippen, diese Gegend zu einem der größten Schiffsfriedhöfe überhaupt gemacht hat ..."

Ich ließ meine Worte für einen Moment wirken, in dem Gräte und Bumskopp den Ausschnitt der Karte mit leichtem Schauder betrachteten. Dann erklärte ich ihnen, was ich mir überlegt hatte.

„Wir werden *Pope's Rock* also aus dem Weg gehen, unseren Kurs nach Süd-West ändern, den Felsen damit weiträumig umfahren und den Dampfer morgen, nach einer weiteren Kursänderung auf Süd-

Ost, genau an dem Punkt hier, um die Mittagszeit erwarten. Die Stelle markierte ich mit einem Kreis auf unserer Karte.

„Super“, nickte Bumskopp.

Und Gräte tönte, dass der Dampfer seine Essensvorräte eigentlich schon mal an Deck bringen könnte, weil er bei dem Plan ja nun wirklich keine Chance hätte.

„Sollte man meinen“, stimmte ich ihm zu, „aber damit auch wirklich alles klappt, und nicht das Geringste schiefgehen kann, werden wir ab sofort alles, selbst das scheinbar Unwichtigste, noch einmal bis ins Kleinste prüfen. Das gilt für die Windfahne oben am Hauptmast genauso, wie für den Lauf der Rollen unter unserer Kanone. Alles ist wichtig!“

„Genau das hat meine Tante Pumpa auch immer gesagt“, meldete sich Gräte.

„Sehr schön und eben auch sehr richtig“, bestätigte ich ihm. „Aber damit ihr euch nicht gegenseitig stört, bekommt dieses Mal jeder eigene Aufgaben, für die nur er und sonst kein anderer verantwortlich ist.“

Zustimmendes Grummeln zeigte mir, dass sie mit dem Plan einverstanden waren.

„Dabei kümmert Gräte sich um die Enterhaken, die Kanone und die Kanonenkugeln."

„Dass die nicht eiern", bemerkte Bumskopp.

„Auch, dass die nicht eiern", stimmte ich ihm zu. „Da haben wir ja unsere Erfahrungen ... mit eiernden Kugeln in der Pulverkammer. Du Bumskopp überprüfst die Masten, Segel, Taue und die Leinen und unsere Buahh-Totenkopffahne. Ich werde inzwischen die nötigen Kursänderungen vornehmen und eure Arbeiten genauestens kontrollieren. Alles klar?"

„Längst!"

„Sowieso."

„Dann los. Morgen bis zum Mittag muss alles tipptopp in Ordnung sein. Ahoi!"

Damit ließ ich sie mit ihren Aufgaben allein. Ich hörte noch, wie Gräte mir „Ay, ay! Schon alles so gut wie erledigt und tipptopp-ober-in-Ordnung!" hinterherrief.

Einen Moment zögerte ich, weil mir auf einmal Zweifel kamen, ob das wirklich alles bis zum nächsten Tag zu schaffen war, beschloss dann aber, es darauf ankommen zu lassen ... Und wurde am gleichen Tag noch eines Besseren belehrt. Denn kaum hatte ich die *Sturmhölle* auf den neuen Kurs gebracht, fiel mir schon beim ersten Kontrollgang auf, mit welch atemberaubender Geschwindigkeit die beiden arbeiteten. In einem Affentempo untersuchte Bumskopp selbst die kleinsten Löchlein in den Segeln und überprüfte Taue und die Leinen. Gleichzeitig war es eine Freude, Gräte dabei zuzusehen,

wie er die Enterhaken nadelspitz feilte und die Kanone so begeistert fettete und pinselte, dass ihm das Schmieröl bis in den dünnen Schnurrbart spritzte.

Noch vor Einbruch der Dämmerung waren sie mit allem fertig. Taue, Leinen und die Fahne lagen ordentlich an ihrem angestammten Platz. Die Enterhaken blitzten gefährlich in der Abendsonne. Und die Kanone, die Gräte jetzt ständig bei sich hatte, schnurrte perfekt geölt mit einem Tempo übers Deck, wie ich es zuvor noch nie gesehen hatte. Was sollte da noch schiefgehen? Entsprechend ausgelassen war die Stimmung beim Abendessen.

„Das letzte Mal“, betonte Gräte und stellte vor jeden, wie mittlerweile üblich, eine Büchse Erbsen auf den Tisch.

„Aber das Frühstück morgen …?“, wollte Bumskopp wissen.

„Das fällt aus“, antwortete Gräte.

„Nicht mal Erbsen?“, fragte Bumskopp entgeistert nach.

„Nullnichts“, erklärte Gräte streng, allerdings um schmunzelnd fortzufahren, „weil es danach ein Festmahl aus den Vorräten des Dampfers gibt.“

„Ein Fest-mahl ...?“, Bumskopp verschluckte sich fast.

„Vollzack!“, grinste Gräte. „Ab morgen gibt es nur vom Feinsten.“

„Jippiieehh!“, jubelte Bumskopp und hätte Gräte fast umarmt.

„Dann könnten wir die restlichen Erbsen ja dem Dampfer überlassen“, schlug ich vor.

„Su-per-idee!“, johlten beide und kringelten sich vor Lachen.

„Da können die sich die Erbsen ja fein schmecken lassen“, prustete Gräte.

Und wieder erscholl ein kräftiges, langandauerndes „Jiippiieehh!“ Und das nicht zum letzten Mal an diesem Abend.

Die Kanone im Klo

Am nächsten Morgen waren wir früh schon auf den Beinen. Ein günstiger Wind hatte uns schneller als gedacht dahin gebracht, wo wir auf den Dampfer warten wollten, und so hatten wir sogar noch Zeit, den Tisch für unser Festmahl einzudecken.

Um kurz nach elf machte ich einen letzten Gang, um alles noch einmal zu kontrollieren. Gräte fand ich, zusammen mit den Enterhaken, gleich neben unserem Kompass, wo er der Kanone schnell noch ein paar Tröpfchen Öl spendierte. Bumskopp stand bereits an der Ankerwinde, von wo aus er später, auf mein Kommando, blitzschnell zu den Segeln stürmen würde. Beruhigt ging ich an meinen Platz zurück und schnappte mir das Fernrohr.

Kurz vor zwölf entdeckte ich schwarzen Rauch am Horizont und rief: „Er kommt! In ungefähr sieben Minuten ist er da! Alles bereit?“

„Sowieso“, kam es von der Ankerwinde.

„Längst!“, rief Gräte.

„Sehr gut. Dann aufgepasst! Jetzt Bumskopp! Den An-ker lichten!“

„Jou!“

„Die Segel setzen und klarmachen zum Angriff in fünf Minuten!“

„Jou! Jou!“ Und schon rauschte die *Sturmhölle* mit geblähten Segeln los.

„Gräte, dann gleich du. Auf mein Kommando zwei Schuss vor den Bug! Danach die Enterhaken werfen und alles wie immer!“

„Längst behalten und voll klar! Wie immer! – Wie lange noch?“

„Noch zwei Minuten!“, antwortete ich.

„Ah ja, dann kann ich ja noch eben Pipi machen!"

Ich glaubte, mich verhört zu haben. „Was kannst du?", rief ich.

Aber da vernahm ich schon das Schloss der Klotür und ein Klackern, so wie Metall auf Holz. Und dann Gräte: „Mist, Mist, Mist!"

In dem Moment tutete der Dampfer und ich rief: „Bumskopp! Die Buahh-Totenkopffahne bereithalten!"

„Jou!", antwortete Bumskopp und stellte sich, die Zugleinen in der Hand, unter den Hauptmast, jederzeit bereit, den Dampfer, der jetzt schon ganz nah war, mit der Fahne zu erschrecken.

„Noch eine Minute!", erinnerte ich Gräte. „Beeil dich!"

Ich hörte „Schon da!" und Gerumpel an der Klotür.

„Jetzt die Faah-nee ...!", befahl ich.

Noch im gleichen Moment zog Bumskopp sie in einem Ruck hoch bis zur Spitze unseres Hauptmasts, wo sie blutrot und Furcht einflößend im Fahrtwind knatterte.

„Achtung, Gräte!", rief ich. „Bei drei die Schüsse vor den Bug!"

„Jaja!" Das Rumpeln steigerte sich zum Poltern.

Ich zählte langsam: „Eins! – Zwei! – Drrr...eii und Feuer!!!"

„Blitz-schnell!", schallte es aus dem Klo. „Sofort!"

Aber nichts geschah, außer dass Gräte wie ein Wilder gegen die Klotür bollerte und „Mist! Mist! Mist!" krakeelte.

„Ich glaub, der sitzt im Klo fest", sagte Bumskopp.

„Der ...?" Ich merkte, wie mir heiß wurde. „Dann los... dann übernimmst du auch noch die Kanone, Bumskopp!"

„Aber die hat Gräte doch mit aufs Klo genommen!", sagte der.

„Was hat der? Ja, bin ich denn ...?! Los, Gräte, gib sofort die Kanone raus!"

„Jaja, aber ich kann die doch nicht unter der Tür durchschieben!"

„Der Dampfer ist gleich weg!", rief Bumskopp.

„Gräte, wenn die Kanone nicht bei …" Wieder zählte ich: „Eins, zwei …"

Im nächsten Augenblick rumste es gewaltig. Die Klotür splitterte, flog aus den Angeln, dann stand Gräte vor mir.

„Schon sofort mit der Kanone da, Kapitän Flitschauge. Der dämliche Schlüssel war nur runtergefallen und da konnte ich die Tür nicht …"

„Kein Wort mehr!", stoppte ich ihn. „Hast du sie eigentlich noch alle!? Die Klotür aus dem Rahmen zu schießen?"

„Naja, den Hauptmast hat er auch getroffen", murmelte Bumskopp.

„Waas?!" Jetzt hörte ich es auch, das leise Ächzen,

das zum Knacken wurde, schließlich zum Bersten anschwoll. „Volle Deckung!“, brüllte ich. Dann krachte der Mast auch schon mit Wucht auf unser Hauptdeck.

„Gräte“, stöhnte ich, „du hattest heute nur eine einzige Aufgabe.“

„Aber wenn ich doch mal Pipi musste.“

„Aber doch nicht während der Kaperung und erst recht nicht mit Kanone!“

„Musste aber doch aufpassen, damit die keiner klaut.“

Einen Moment lang verschlug es mir die Sprache und ich sah ihn wie ein fremdes Wesen an. Wer sollte denn auf dem Schiff bei uns die Kanone klauen? fragte ich mich. Aber gleichzeitig wurde mir klar, dass Gräte glaubte, alles richtig gemacht zu haben. Seine Aufgabe, die Kanone nicht aus den Augen zu lassen, hatte er buchstabengetreu erfüllt. Und den Hauptmast, den er zufällig mit weggeschossen hatte, hatte er durch die geschlossene Klotür ja nicht sehen können. Also war eigentlich alles „tipptopp-super-in-Ordnung“, wie er es nennen würde. Den Plan jedoch, den hatte er gründlich ruiniert.

Das sich entfernende Tuten des Dampfers und Bumskopps Frage „Und jetzt?“ riss mich aus meinen Gedanken.

„Erbsen“, antwortete ich und machte mich kopfschüttelnd auf den Weg in meine Kajüte. Da war alles bis ins Letzte durchgeplant gewesen und dann sowas …

Wunderlampen

Sechs wortkarge, missgelaunte Erbsenbüchsenessen später fuhren wir in einen kleinen, versteckt gelegenen Fischerhafen ein, den ich von früheren Kaperzügen bestens kannte, und machten dort fest.

Während Bumskopp die Segel einholte und die *Sturmhölle* sicher vertäute und Gräte in der Kombüse räumte, sah ich mich im Hafen um. Ich war gar nicht mal weit gegangen, als mir ein Schiff auffiel, das mit gerefften Segeln am hintersten Ende der Kaimauer festgemacht hatte, so, als wollte es nicht gesehen werden.

Zweifellos ein Piratenschiff, dachte ich. Etwas kam mir daran sogar bekannt vor. Und als ich eine Gestalt tief geduckt über das Hauptdeck huschen sah, war ich überzeugt, deren Umrisse von irgendwoher zu kennen. Aber in dem Moment kam ich nicht darauf. Auf jeden Fall nahm ich mir fest vor, das Schiff später genauer anzuschauen. Jetzt hatten erst mal unsere leeren Mägen Vorrang.

Wir fielen mit einem Bärenhunger ins *Barrakuda* ein. Ein Wirtshaus, in dem mein alter Freund Matte Klops köstliche Speisen zubereitete. Und die ließen wir uns so richtig schmecken.

Doch bald nahm Matte mich zur Seite und flüsterte mit einer Kopfbewegung Richtung Gräte, dass kurz vor uns ein paar ganz

BARRAKUDA

üble Kerle da gewesen seien, die nach solch einem Typen gefragt hätten.

„Lang und dürr, mit einem auffallend dünnen Bleistiftbart und einer großen Gräte auf dem Hemd."

So hatten sie ihn beschrieben. Da war also jemand hinter Gräte her. Aber wieso? Mir fiel natürlich gleich das Piratenschiff am Kai ein, sagte Bumskopp und Gräte aber nichts davon, sondern schickte sie los, um Essensvorräte für die *Sturmhölle* zu besorgen. Dann schlich ich vorsichtig zurück zum Kai, wo mir schon von Weitem auffiel, dass das Schiff von vorher verschwunden war. Beunruhigt ging ich zurück zur *Sturmhölle*. Ich musste Gräte unbedingt zur Rede stellen. Hatte da noch jemand eine Rechnung mit ihm offen?

Bumskopp, der ein paar Stunden später mit dem Proviant eintraf, konnte mir auch nicht weiterhelfen. Auf meine Frage, wo Gräte sei, zuckte er nur mit den Schultern und sagte: „Der wollte noch was erledigen. Zuletzt habe ich ihn mit so 'nem bunten Typen gesehen."

„Wie? Bunt?", wollte ich wissen.

„Naja, pinke Stiefel und knallblaue Hose", murmelte Bumskopp.

„Pink und knallblau?"

„Und giftgrüner Bart. Mit lila Schleife", erinnerte sich Bumskopp weiter. „Mit dem ist er in so 'ne kleine Gasse abgebogen. Nicht weit weg vom *Barrakuda*."

Giftgrüner Bart mit lila Schleife? Ich versuchte, mir den Typen vorzustellen, was mir aber nicht gelang. Ich musste sofort mit Gräte sprechen, wenn er zurück kam. Nur kam Gräte nicht zurück.

Gegen Mitternacht war ich das Warten leid und legte mich hundemüde schlafen.

Am nächsten Morgen war mein erster Gedanke: Gräte? War der überhaupt schon da? Ich schoss aus meiner Koje hoch, raste den Gang entlang zu seiner Kajüte. Die Tür stand offen, aber von Gräte keine Spur. Ich ging eine Tür weiter, aber auch Bumskopp war nicht da. Dafür hörte ich Schritte an Deck über mir. Ich rannte also so schnell wie möglich rauf zum Hauptdeck, wo ich, kaum hatte ich die Tür aufgestoßen, vor einem Berg unterschiedlichster Lampen stand. Dahinter mit Bürsten und jeder Menge Scheuerlappen ausgerüstet: Gräte, der Bumskopp anscheinend etwas Unglaubliches erklärte.

„Noch mal“, hörte ich, „alle diese Lampen, das sind natürlich nicht nur Lampen.“

„Was denn noch?“, fragte Bumskopp.

„Wun-der-lam-pen“, flüsterte Gräte.

„Wunder ...?“, schluckte Bumskopp.

„Lampen, ja. Und diese hier ...“ Er hob ein Blaulicht hoch und deutete auf etwas auf der Unterseite. „Diese Lampe ist sogar von ... Da. Da steht es: A!“

„Von A?“ Bumskopp zögerte einen Moment. „Kommt die von der Arche Noah?“

„Wieso denn Arche Noah?“

„Na, weil die mit A anfängt“, antwortete Bumskopp.

„Sowas Dämliches. Als ob alles, was mit A anfängt von Noahs Arche käme.“ Verständnislos schüttelte Gräte mit dem Kopf. „Dieses A hier, das steht für A wie Aladin!“

Einen Moment war Bumskopp still. Dann brummte er ungläubig: „Du meinst, das ist die echte Wunderlampe ...?“

„Vollzack. Vom Aladin“, nickte Gräte. „Und zwar die blaue. Und ich weiß auch, wie der Geist da in der Lampe heißt. Weil nämlich ... man muss nur das Knöpfchen drücken ...“

„Aber!“

„Ruhig. Kein Wort mehr. Jetzt spricht nur noch der Geist.“

Im nächsten Moment jaulte das Blaulicht mit Tatütata-Getöse auf. An dieser Stelle kniff ich mich in den Arm, um festzustellen, ob ich träumte. Mein zweiter Pirat glaubte doch wohl nicht im Ernst, Aladins Wunderlampe in der Hand zu halten?

Ich hatte ihnen während der Fahrt zwar mal die Geschichte von Aladin erzählt, wie der die Wunderlampe mit dem Geist gefunden hatte, der ihm dann jeden Wunsch erfüllte, wenn er nur an der

Lampe rieb. Ich hatte ihnen aber auch gesagt, dass das nur ein Märchen sei. Und ganz sicher hatte ich ein Blaulicht nie erwähnt.

Mein schmerzender Arm und das *Tatütata* des Blaulichts rissen mich aus den Gedanken und bestätigten, dass ich wach war. Also trat ich zwei Schritte vor und donnerte: „Was soll das Getöse und was macht der Klimbim hier auf dem Schiff?"

„Ah, Kapitän Flitschauge", strahlte Gräte, „super Tauschgeschaft, das alles." Er zeigte auf seinen Lampenberg. „Wir werden unheimlich reich."

„Mit alten Lampen und 'nem Martinshorn?"

„Vollzack", sagte Gräte. Dann stutzte er und fragte mich verwundert: „Du kennst den Martin?"

„Welchen Martin?", schnaubte ich.

„Den Martin Horn natürlich. Den Geist, der in der Wunderlampe sitzt", sagte er.

„Gräte meint, das sei Aladins Wunderlampe. Die mit dem Geist, die", erklärte Bumskopp mir.

„Gräte meint, Gräte meint", äffte Gräte Bumskopp nach, „diese Wunderlampe ist ...!"

„Genau", vollendete ich seinen Satz. „Diese Lampe ist ein stinknormales Blaulicht, das man auch Martinshorn nennt."

„Nur Martin", berichtigte mich Gräte. „Martin Horn hat der Wunderlampen-Tauscher gesagt. Weil Martins Horn ja nur das Horn vom Martin wär."

„Das hat der Tauscher so gesagt?", fragte Bumskopp.

„Haargenau das und kein Wort anders! War sowieso ein Übersupertyp, der Tauscher. Der wusste alles vom Martin. Wo der herkommt, was der kann ..."

„Wie alt er ist und dass ihn nur ganz besondere Menschen kennenlernen", setzte ich seinen Satz fort.

„Vollzack", nickte Gräte, kam ganz nah zu mir und flüsterte: „Und dass zum Beispiel so Typen wie der Bumskopp, hat der Tauscher gesagt ..."

„Dass solche Typen den Martin niemals kennenlernen würden ohne dich", erriet ich.

„Genauso hat er das gesagt", bestätigte mir Gräte.

„Alles sehr schön", seufzte ich, „nur hat dein Wunderlampentauscher dir anscheinend nicht gesagt, dass in dem Blaulicht da kein Geist, sondern ein kleines Birnchen sitzt, das blinkt. Und dass das **A** unter der Lampe nicht für **A**ladin, sondern für **A**larm steht, und dass Aladins Wunderlampe ein Öllämpchen war!"

Ich war, während ich ihm das sagte, immer lauter geworden und musste erst mal durchatmen. Dabei sah ich Gräte an und bemerkte, dass der mit den Gedanken ganz woanders war, nur immer wieder „Öllämpchen, Öl-lämp-chen ...?“ vor sich hin murmelte. Doch dann hellte sich sein Gesicht urplötzlich auf. Mit einem Satz sprang er in seinen Lampenberg und war im nächsten Moment darin verschwunden. Wie ein Maulwurf wühlte er sich durch seine Leuchten, bis seine Arme mit einem „Hah!“ aus dem Gerümpel hochschossen und er bestimmt ein Dutzend total verdreckte Öllämpchen in den Händen hielt. Damit war klar, was als Nächstes kommen würde.

„Schon gefunden!“, jubilierte Gräte. „Hatte nur ganz kurz vergessen, dass der Tauscher das auch erklärt hat. Ich gehe dann mal die Lampen putzen.“

Er wandte sich um und zog mit Lämpchen, Lappen und den Bürsten ab in die Kombüse.

„Nicht putzen, nur dran reiben musst du!“, rief Bumskopp ihm hinterher.

Worauf Gräte keifte: „Noch ein Wort und ich schicke dir den Lampengeist auf den Hals und dann wirst du schon sehen ...!“

Mehr konnte ich nicht verstehen, weil Gräte die Kombüsentür hinter sich zuknallte. Dafür hörte man ihn kurz darauf tüchtig die Wunderlampen scheuern. Den konnten wir für die nächste Zeit vergessen. Also begann ich mit Bumskopp Grätes Lampenkrempel zu verstauen, was bis zum Mittag dauerte. Dann konnten wir endlich ablegen. Kurs nach Hause zur *Killerzahnbucht*.

Die nächsten Tage verliefen außergewöhnlich ruhig. Eine perfekte Strömung brachte uns schnell voran. Und Bumskopp setzte die Segel immer wieder so geschickt, dass selbst der kleinste Windhauch eingefangen wurde. Gräte kochte die tollsten Mahlzeiten, verschwand danach aber immer möglichst schnell und wienerte unermüdlich seine Wunderlampen.

Ich wurde von Tag zu Tag gelöster, denn zum einen hatte sich das geheimnisvolle Schiff mit dem Kraken auf dem Segel nicht mehr gezeigt, und zum anderen freute ich mich einfach auf die Ferien in unserer Bucht. Doch dann ... Ich war gerade dabei, meiner Mama das Neueste zu schreiben, musste noch über Grätes „Wunderlampen“ lachen, da ließ mich ein Schrei von meinem Schreibtisch hochfahren. Sekunden später stand Gräte zitternd vor mir, eins der Öllämpchen in der Hand und stotterte: „Kkk...kk...k...kuck mal ...“ Damit streckte er mir die Lampenhand entgegen.

Ich musste gar nicht lange suchen, was Gräte aus der Fassung brachte, denn da, wo Gräte gerieben und gescheuert hatte, glänzte es eindeutig golden. Ich nahm das Öllämpchen und merkte schon am Gewicht, dass es ein ganz besonderes Lämpchen war. Als ich es genauer untersucht hatte, wurde mir klar, dass Gräte tatsächlich einen kleinen Schatz gefunden hatte. Für einen Moment wusste ich nicht, was ich sagen sollte, hatte ich doch gerade noch über seine Wundergläubigkeit gelacht.

Aber dann lobte ich ihn: „Unglaublich, was du da getauscht hast, denn diese Lampe ist tatsächlich ungeheuer wertvoll. Ich glaube zwar nicht, dass ein Lampengeist da drin ist, aber dafür ist sie aus purem Gold.“

„Hab ich mir gg... gleich gedacht“, kiekste Gräte, der seine Stimme noch nicht wiedergefunden hatte, „weil der Tauscher ja ...“

Und dann begann er zu erzählen, was der Tauscher ihm über Lampengeister verraten hatte und wie er den Tauscher überredet hatte, gleich alle Lampen herzugeben und so weiter und so weiter ... Schließlich zog er noch einen Wunderlampen-Garantieschein aus der Tasche, mit dem garantiert wurde, dass alle Geister, wenn sie aus der Lampe kämen, echt seien ...

Rückkehr zum *Killerzahnfelsen*

Ich wollte Gräte nicht enttäuschen. Deswegen nickte ich bewundernd, obwohl mir der Kopf vom Zuhören bereits brummte. Genau da erscholl der nächste Schrei. Diesmal war es Bumskopp. Nicht noch was, dachte ich, bis ich begriff, was er rief.

„Killerzahn!", hatte er gerufen. „Killerzahn! Zwei Strich backbord voraus!"

Im nächsten Moment sausten Gräte und ich nach oben, und dann machte sich unsere Freude derartig überschäumend Platz, dass die *Sturmhölle* vom Bug bis hin zum Heck erbebte. Danach standen wir einfach nur da und beobachteten, wie sich der *Killerzahnfelsen* im Licht der Abendsonne majestätisch aus dem Meer erhob.

„Pohh ...", machten Gräte und Bumskopp voller Bewunderung.

„Ich wusste gar nicht mehr, wie groß der ist", flüsterte Gräte.

Und Bumskopp murmelte: „Schön, den wiederzusehen."

„Ob er wohl gleich, wie immer ...?", fragte Gräte.

Was Gräte meinte, betraf eine Besonderheit des *Killerzahns*, die ihn für Fremde fast unberechenbar macht. Denn neben seinen sich unter Wasser fortsetzenden, scharfkantigen Ausläufern hat er die Eigenart, mit dem dunkler werdenden Grau der Dämmerung zu

verschmelzen und nahezu unsichtbar zu werden. Eine Eigenschaft, die schon so manchen Segler gnadenlos auf den Meeresgrund befördert hatte. Die allerdings für uns – die Herren der dahinterliegenden Insel – einen ausgezeichneten Schutz darstellte.

Genau daran musste ich denken, als wir den kaum noch sichtbaren Killerzahn einige Zeit später steuerbord passierten.

„Ganz hervorragend", lobte ich Bumskopp, nachdem er die *Sturmhölle* passgenau durch die schmale Durchfahrt in unsere Bucht gesteuert hatte. Der hob nur seinen Daumen und machte sich auf den Weg zur Ankerwinde. Wenig später saß der Anker.

Ich ruderte noch kurz an Land, um zu sehen, ob da alles in Ordnung war, denn irgendwie ... Ich hatte so ein komisches Gefühl ... Ich konnte aber nichts Verdächtiges erkennen und kehrte nach einem Rundgang halbwegs beruhigt zurück.

Ich musste wie ein Stein geschlafen haben, denn als ich endlich wach wurde, war es schon recht spät am Morgen. Was mir sofort auffiel, war, dass der Tag ein unverwechselbares Licht in meine Kajüte warf. Schnell stand ich auf, öffnete das Bullauge, und sofort waberte eine dicke, weiße Suppe träge auf mich zu … Bruchnebel! Im nächsten Moment krachte es auch schon und das typische Geräusch von berstendem Holz erfüllte die Luft.

Nur eine Minute später saß ich im Boot und ruderte zum *Killerzahn*. Und schon bald vernahm ich Stimmen, die durch die Nebelbrühe zwar gedämpft, aber trotzdem sehr gut zu verstehen waren.

„In Drei-Seeteufels-Namen!“, fluchte einer. „Das Schiff ist hin! Wir haben ein Riesenloch im Bug!“

„Was-ser-ein-bruch!“, rief ein anderer.

Ich hörte Wasserblubbern und Schritte auf Holzplanken.

„Kannst du knallblöder Unterhilfspirat eigentlich überhaupt was richtig?“

Das war die erste Stimme wieder.

„Aber da konnte ich doch wirklich nichts dazu.“

„Du kannst nichts dafür, wenn du einen Felsen rammst!?“

„Wenn der so plötzlich auftaucht.“

„Der Felsen taucht nicht plötzlich auf, der steht seit tausend Jahren.“

„Da habe ich aber noch nicht gelebt und konnte das deswegen auch nicht wissen.“

„Da hat der Wandy recht“, mischte sich eine dritte Stimme ein, „wenn man nicht lebt, kann man nichts wissen.“

Häh?, dachte ich, Wandy? Und jetzt fiel es mir wie Schuppen von den Augen. Das waren eindeutig Schweineohr und Wandy Nork. Und der Dritte war der dicke Klumb. Drei Piraten meiner alten Mannschaft, die ich vor geraumer Zeit wegen Meuterei vom Schiff geworfen hatte. Fehlte nur noch ...

„Wartet mal“, da war er schon. Ganz klar: Hook die Nase. Der hinterhältigste Pirat, den ich je getroffen habe. Wenn es jetzt noch „Prrtt! Prrtt!“ machen würde, dann wär klar, dass der kleine Schübsel auch noch da war. Ich hörte, wie Hook an Land sprang, ein paar Schritte ging, dann rief er mit angsterfüllter Stimme: „Aber ... das ist ja der *Killerzahn*!", und nach einer Pause entsetzt: „Dann liegt dahinter Flitschauges Bucht!"

„Sind wir die ganze Zeit hinter der *Sturmhölle* her gewesen?!", meldete sich Wandy Nork entsetzt. „Und der Dünne gehört zu Flitschauges neuer Mannschaft?"

„Schschttt ...!", zischte Schweineohr. „Lei-se! Solange Flitschauge nicht weiß, dass wir hier sind, können wir den mit dem dünnen Bart vielleicht noch schnappen."

„Das stimmt", bestätigte der dicke Klumb, „wenn man nicht weiß, dass jemand da ist, kann man das gar nicht wissen."

„Genau", sagte Schweineohr. „Deswegen holen wir uns die Karte jetzt zurück und dann nichts wie weg."

„Fragt sich nur, womit ihr wegwollt?", mischte ich mich in ihr Gespräch ein. Ich war mittlerweile an Land gesprungen. „Euer Schiff ist doch für nichts mehr zu gebrauchen."

„Uahh ...!"

„Kk-Kapitän Ff-Flitschauge ...?!"

Meine Stimme löste das totale Chaos unter ihnen aus.

„Waan-dyy! Das Rettungsboot!!!", brüllte Schweineohr.

„Jaja, aber das muss ich erst finden!"

„Dann mach schon!"

„Au!"

„Pass doch auf!"

„Nichts wie weg!"

Ich hörte, wie sie rannten, stolperten, gegeneinanderprallten,

schimpften. Dann saßen sie in ihrem Rettungsboot und ruderten, als ob der Teufel hinter ihnen her wär. Für einen Moment hatte ich noch den Eindruck, Flügelschlagen zu hören, dann war Ruhe, bis es im Nebel plötzlich „Prrt-Prrt" machte. Das konnte nur Schübsel sein. Schübsel, der nach einem Überfall immer den Rückzug sicherte, indem er mit ölgefüllten Beuteln warf. So, dass sie zerplatzten und die Verfolger auf dem Öl ausrutschen und durch die Gegend schlittern ließ. Wie es schien, hatte meine alte Mannschaft ihn vergessen.

Ich folgte diesem „Prrt-Prrt" Geräusch, dass Schübsel immer machte, wenn er nicht weiterwusste, und bald hatte ich ihn gefunden. Er saß auf einer Planke, hatte die Ölbeutel umgehängt und sah mich so kreuzdämlich an, wie eben nur Pirat Schübsel gucken kann.

Ich nahm ihn ins Kreuzverhör und erfuhr die ganze verrückte Geschichte: Gräte hatte meiner alten Mannschaft die Schatzkarte geklaut, als sie betrunken am Lagerfeuer gesessen hatten. Aber Hook die Nase hatte ihn noch wegrennen sehen. Und seitdem waren sie hinter Gräte her. Einmal hätten sie ihn fast gehabt, aber das Schiff, auf dem sie ihn vermuteten, war einfach zu schnell für sie gewesen und überdies bald in einer Nebelwand verschwunden. Deswegen hatten sie auch nicht erkannt, dass es die *Sturmhölle* war.

Ihr Schiff war natürlich das mit dem Riesenkraken auf dem Segel gewesen, das jetzt am *Killerzahnfelsen* zerschellt war und mir auf unserer Reise zweimal aufgefallen war.

Um es abzukürzen: Ich überließ Schübsel ein Stück Holz als Paddel. Dann gab ich der Planke, auf der er saß, einen Stoß und schickte ihn seinen Kumpanen hinterher.

Aber dann ... richtete sich dieser oberknalldämliche Unterhilfspirat auf und warf nach mir! Mit seinen Ölbeuteln! Ich schrie ihn an: „Halt! Stopp! Das ist kein Rückzug! Ich bin nicht hinter dir her, du Hammel! Ich schenke dir die Freiheit!"

Da traf mich schon der erste Beutel. Kurz danach der zweite, dann war er weg, während ich völlig ölverschmiert, verpampt, verklebt da stand und ihn mir am liebsten richtig vorgenommen hätte.

Ich weiß noch, dass ich eine Weile so gestanden habe und es nicht fassen konnte. Aber Schübsel hatte das Einzige getan, was er wirklich konnte .... mit Ölbeuteln werfen.

Ein Braten mit Holzbein

Stinksauer ruderte ich zurück zur *Sturmhölle*. Aber kaum hatte ich unser Schiff erreicht, da hörte ich Gräte: „Gib sie schon her!"

Dann ein Schnattern, gleichzeitig knurrte Bumskopp: „Wenn du die Finger nicht sofort wegnimmst, dann ...!"

„Ja, was denn dann? So was gehört immer und sofort im Backofen gebraten und ..." Wieder schnatterte es. „Au! Jetzt hat das Viech mich glatt gebissen!", keifte Gräte.

„Recht so, Pilli", hörte ich Bumskopp, „verteidige dich nur!"

Dann schnatterte es wieder.

Pilli? Wer ist Pilli?, überlegte ich. Und was war da wieder los? So schnell es ging, kletterte ich die Strickleiter hoch und hatte Augenblicke später die Streithähne vor mir. Gräte mit einem großen Kochlöffel bewaffnet und Bumskopp, die rechte Faust drohend erhoben und gut geschützt unter dem linken Arm – eine quietschlebendige Ente.

„Wo kommt die Ente her?", fragte ich Bumskopp.

„Das dämliche Quaktier ist voll gegen den Mast geknallt und dann ... Au! Oh! Schon wieder hat die mich gebissen. Aber jetzt kommst du in den Ofen. Her damit!“

„Finger weg von Pilli!“, rief Bumskopp, und bevor sich der Streit wieder hochschaukelte, befahl ich: „Stopp! Die Ente sieht ja ganz mitgenommen aus mit ihrer dicken Beule.“

„Ist vom Mast. Den konnte sie ja nicht sehen bei dem Nebel“, sagte Bumskopp. Er streichelte die Ente und nickte dann voller Mitleid, „‘n Holzbeinchen hat sie auch.“

„Ein Holzbein?“, fragte ich. Eine Ente mit Holzbein hatte ich noch nie gesehen.

„Das muss man ja nicht mitbraten“, versuchte Gräte es wieder.

„Du bist jetzt mal ruhig“, wies ich ihn zurecht.

„Vielleicht könnte Pilli aber ja hierbleiben, bis der Nebel ...“, weiter kam Bumskopp nicht.

„Das Quaktier hierbleiben? Hier bei uns?“, explodierte Gräte. „Wir sind doch kein Entenzoo!“

„Jetzt mal ganz langsam, Gräte“, sagte ich. „Der Ente geht es nicht gut und sie hat uns nichts getan. Und deswegen bleibt sie, bis der Nebel sich verzogen hat und es ihr wieder besser geht, bei uns. Und Bumskopp kümmert sich um sie.“

„Aber ...“, kam noch mal von Gräte.

„Nein! Kein Wort mehr!“, fuhr ich ihn an. Damit war Ruhe und ich konnte endlich in meine Kajüte und mich von Schübsels Öl-schmiere befreien.

Bumskopp kümmerte sich ab da wirklich rührend um die Ente. Er kühlte ihre Beule, streichelte sie ausdauernd und baute ihr ein richtiges Entennest hoch oben am Hauptmast. Und manchnmal schien es sogar, als ob er mit der Ente redete.

„So lange sie hier ist, soll sie es gut haben", erklärte er und ich ließ ihn gewähren. Sehr zum Missfallen von Gräte, der die Ente immer noch lieber als Braten im Ofen gesehen hätte.

Dann kam der Tag, an dem mich ein nie gehörtes Gequake und Geschnatter aus der Koje trieb. Die Ente machte ein Getöse, als ob das Schiff am Sinken wäre. Ich sauste nach oben. Der Nebel war weg. Bumskopp und Gräte standen am Hauptmast, sahen zum Ausguck rauf.

„Was ist?", wollte ich wissen.

„Die Ente ist verrückt geworden", meinte Gräte. „Habe ich ja gleich vermutet, dass die ..."

„Pilli sagt, da käm der Dampfer", unterbrach ihn Bumskopp.

„Der Dampfer?", höhnte Gräte. „Wo soll der denn sein? Ich sag es ja: Das Quaktier spinnt!"

Im selben Augenblick strahlte Bumskopp: „Da ist er doch!" und deutete

auf dunkle Dampfwölkchen, die am Horizont aufstiegen. „Genau wie Pilli gesagt hat."

„Unglaublich", stellte ich fest, „dann hat die Ente den Dampfer ja gesehen, bevor der überhaupt zu sehen war? Der wollte sich an uns vorbeischummeln."

„Deswegen hat der auch nicht getutet", vermutete Bumskopp.

„Dann!", rief ich. „Worauf warten wir noch? Gucken wir doch mal nach, was er vor uns verstecken will!"

Und dann sind wir mit *„Jipiieehhh"* dem Dampfer hinterher. Und die Ente hat ganz wild gequakt.

Nicht viel später saßen wir zusammen und betrachteten unsere Beute. Da quakte die Ente plötzlich wieder los. Gräte regte sich natürlich auf, aber Bumskopp meinte: „Pilli will uns was zeigen."

Kurz danach ruderten wir hinter der Ente her zum *Killerzahn*. Zum Wrack des Schiffes meiner alten Mannschaft, an dem das Segel mit dem Riesenkraken schlapp herunterhing.

„Und was sollen wir hier?", fragte Gräte ungeduldig.

„Wart's mal ab", antwortete Bumskopp, der der Ente auf Schritt und Tritt folgte und schließlich mit ihr im Wrack verschwand.

Zugegeben, es dauerte eine Weile bis Bumskopp und die Ente wieder auftauchten, aber dafür hatten sie einen großen Sack dabei. Und darin war die Beute meiner alten Mannschaft. Sie hatten in ihrer Angst alles zurückgelassen. In dem Moment wurde mir etwas klar. Das Holzbein, der Dampfer, bevor der zu sehen war und jetzt der Schatz ... Pilli war eine echte Piratenente! Sie musste vom Schiff meiner alten Mannschaft gekommen sein und passte wunderbar zu uns.

„Achtung! Alle mal herhören!“, rief ich. „Hiermit ernenne ich die Ente zum Ehrenmitglied der *Unsinkbaren Drei*! Sie wird als die Piratenente Pillirat gemeinsam mit uns kapern und uns noch unschlagbarer machen! Und als Zeichen der Unsinkbaren Drei soll sie ab heute unser Ehrenkopftuch tragen. Pillirat, sie lebe: Hoch-hoch-hoch!“

Bumskopp stimmte begeistert mit ein, drückte die Ente immer wieder an sich, band ihr unser Piratentuch um das Köpfchen und freute sich, als ob er das schönste Geschenk bekommen hätte. Gräte verzog dagegen säuerlich das Gesicht und sagte nichts. Aber als wir abends den so leicht erbeuteten Schatz feierten, war er schon verträglicher. Denn es war ein ziemlich großer Schatz, den meine alte Mannschaft im Wrack zurückgelassen hatte.

Epilog

Jetzt wollt ihr sicher auch noch wissen, was mit dem anderen Schatz, dem Riesendiamantenschatz, passiert ist, dem, der das ganze Abenteuer ausgelöst hat? Der wurde mit der Zeit doch noch kleiner. Zwar nur ganz langsam und auch nur, wenn es irgendwo mal wieder unerträglich heiß war. Aber dann gingen wir an unsere Tiefkühltruhe, schlugen uns ein paar Bröckchen von den Diamantenbergen ab und kühlten unsere Getränke damit. Und dann war es fast immer Bumskopp, der feststellte, dass diese Art von Diamanten tausendmal besser sei als die Echten. Ahoi!

@ Fotostudio Balsereit, Köln

Wilhelm Nünnerich war in vielen Berufen unterwegs, bevor er begann, Geschichten zu erfinden. Bald schrieb er für die „Sendung mit der Maus“ und verschiedene andere Fernseh- und Radiomagazine, komponierte Musicals, verfasste Drehbücher und Hörspiele und produzierte diese für den WDR. Seine Hörspielfolgen über DIE UNSINKBAREN DREI laufen seit fast 25 Jahren mehrmals wöchentlich im WDR-Kinderradio KIRAKA und im BR.

@ privat

Thomas Dähne, geboren 1969 im Herzen Ostfrieslands, gelangte nach Abschluss seines Architekturstudiums zu der Erkenntnis, lieber knorrige Figuren und schiefe Landschaften als Fertigbetonteile und Stahlskelettbauten zu entwerfen. Seither ist er freiberuflich tätig als Illustrator, Cartoonist und gelegentlich als Autor. Er lebt mit seiner Familie in Aurich.